BIRD

COTTAGE

鸟舍

[荷] 伊娃·梅耶尔

(Eva Meijer) / 著

[英] 安托瓦内特·福塞特

(Antoinette Fawcett) / 英译

王国礼 / 译

新世界出版社

NEW WORLD PRESS

北京版权保护中心引进书版权合同登记号：图字01-2021-6845号

图书在版编目（CIP）数据

鸟舍 / (荷) 伊娃・梅耶尔著；(英) 安托瓦内特・福赛特英译；王国礼译. -- 北京：新世界出版社, 2022.02
书名原文: BIRD COTTAGE
ISBN 978-7-5104-7351-7

Ⅰ. ①鸟… Ⅱ. ①伊… ②安… ③王… Ⅲ. ①长篇小说—荷兰—现代 Ⅳ. ①I563.45

中国版本图书馆CIP数据核字(2021)第213392号

鸟舍

作　　者：（荷）伊娃・梅耶尔
英　　译：（英）安托瓦内特・福赛特
翻　　译：王国礼
责任编辑：秦彦杰
责任校对：宣　慧
责任印制：王宝根　苏爱玲
装帧设计：魏芳芳
出　　版：新世界出版社
网　　址：http://www.nwp.com.cn
社　　址：北京西城区百万庄大街24 号（100037）
发 行 部：(010)6899 5968（电话）　(010)6899 0635（电话）
总 编 室：(010)6899 5424（电话）　(010)6832 6679（传真）
版 权 部：+8610 6899 6306（电话）　nwpcd@sina.com（电邮）
印　　刷：北京亚通印刷有限责任公司
经　　销：新华书店
开　　本：880mm × 1230mm　1/32
字　　数：170千字　　　印张：8.25
版　　次：2022年2月第1版　2022年2月第1次印刷
书　　号：ISBN 978-7-5104-7351-7
定　　价：59.00元

译者序

早在 2300 多年前，中国古代先哲庄子就指出，“以道观之，物无贵贱”。他摆脱了人类中心主义思想，从天人合一的更高境界看待人与自然的关系。该小说的女主人公莱恩·霍华德和鸟儿之间的关系仿佛是她与朋友之间的关系。在她眼中，鸟类是与人类平等的生物——即使在战争爆发后实行食物配给制的非常时期，她也想尽一切办法给鸟儿们提供食物，帮他们渡过寒冬。她的做法也应和了“物无贵贱”的理念。

伊娃·梅耶尔这部小说的内容大多基于真实故事，其来源有三：第一，莱恩·霍华德的两本半自传体作品《作为个体的鸟类》（*Birds as Individuals*）和《与鸟为伴》（*Living with Birds*），这两部作品曾是当年的畅销书；第二，霍华德的日记；第三，与霍华德相识的人的回忆。正因为如此，小说语言平实朴素，但故事却能打动人心，使人仿佛置身其中，和主人公一起见证鸟儿们的生老病死与悲欢离合。

梅耶尔的叙述方式比较独特：两条线索交织推进。一条主线围绕一只名叫星星的雌性大山雀展开，详尽记录了她与星星相处的点点滴滴：求偶、孵卵、玩数字游戏。与此同时，作者还讲述了其他鸟儿的故事，如毕利、星星的伴侣秃头、单眼圈等。另外一条线索围绕莱恩·霍华德一生的经历展开：快乐的童年、懵懂的爱情、在伦敦短暂的音乐演奏生涯、退居乡野与鸟为伴、艰难的战时生活以及晚年生活。与讲述鸟儿生活的方式相类似，作品中间也穿插了与霍华德生活密切相关的若干人物的故事，虽然着墨不多，但这些人物性格鲜明，活灵活现：乐于助人的西奥、浪漫多情的托马斯、终日郁郁寡欢的母亲等。鸟儿的故事共十五章，篇幅很短，英文版用斜体印刷；主人公霍华德的故事共十六章，英文版用非斜体印刷。中文版将鸟儿的故事用楷体排版，霍华德的故事用宋体排版以示区别。

在讲述鸟儿的故事时，作者以拟人化的手法把故事中的鸟儿塑造成感情丰富、个性鲜明的生命个体，如星星聪明机警，理解力在所有的鸟儿中独一无二，能按照霍华德的语言指令正确地用喙敲击出从 1 到 8 的数字；格雷感情专一，在和秃头交配后孵了一窝雏鸟，但秃头脚踩两只船，同时和简孵化了一窝雏鸟，随之对格雷转变态度，不闻不问。最后，格雷绝食而死，她的雏鸟也都死去。作者对这只鸟充满了同情，似乎在向我们讲述一个多情女子凄美的爱情故事：遇到一个负心汉，遭到无情抛弃后自杀身亡，令人扼腕叹息。星星消失之后，作者颇为伤感，字里行间流露着一种对生命无常的哀叹。正如作者所言，和我们人类一样，鸟儿们有很多交流方式，比如：鸣叫或歌声、姿势或震动翅膀发出的声音、舞蹈、目光交流、肢体接触等。作者经常以鸟儿某种明显的特征为其命名，如星星的名字源于她头顶的星状斑点；单眼圈的名字源于她左眼周围的一道白色眼圈；扫帚把喜欢落在扫帚把上，故此得名。类似的鸟名还有很多：格林妮、叮叮、跳行、蹦跶、烟雾、小黑等等，在此不一一列举。除个别鸟儿的名称很难看出这些特征外（如毕利、简，还包括 Grey，Cross 这些常见的名字），在翻译时译者尽量保留鸟名英文词根代表的意思。

翻译进入尾声之际正值新型冠状病毒肺炎肆虐，整个世界正经历着一场重大考验，相信这场灾难过后人类会重新审视人与自然的关系。从这个意义上说，这部作品的翻译出版正当其时，期待它能引发人们的某些思考。

在翻译过程中，译者得到西北师范大学外国语学院曹进教授的大力支持；我的三位学生——刘莉莉、王璐和杨雯也给了我很多帮助，在此表示感谢！

王国礼

2021 年 2 月于兰州

目 录

序曲 · 1965

雅各布（Jacob）急促地飞进房间朝我鸣叫，然后又迅速飞出去。他很少对什么事大惊小怪，开始孵卵后只在自己的巢穴周围活动。他通常在清晨飞到鸟食台逗留几分钟，然后栖息在桦树枝上的木头巢箱旁。他向来沉稳，比其他大山雀体型大，也是一位慈爱的父亲。

我跟着他走出房门，还没走出花园就听到机器的轰鸣声。我吃力地向前跑，差点因地上的杂物滑倒。不，必须阻止这一切，不能让他们砍掉那片树篱，尤其不能在春天这样做。一个矮胖的男子在用电锯修剪树篱，机器的噪声盖过了我说话的声音，于是我从树篱中间挤了过去。噪声湮没了一切，在我耳边激荡着，让我烦躁不堪。看到我突然出现在面前，矮胖的男子大吃一惊，立刻关掉机器，摘下护耳器，问我："怎么啦，夫人？"

"不许修剪这些树篱，里面有很多鸟巢，好多鸟蛋已经孵化了。"我说话的声音要比平时更尖锐，就像有人在掐我的脖子。

“这些话你得跟议员们去说。”说罢，他转身又打开电锯。

不，不能让他这样做。这时，几根树枝戳中了我的后背，在他转身时我走到他的左边，然后又走到他的右边。

“请走开！”

“如果你想砍掉这些树篱，那就先杀了我。”

他叹了一口气，“那我先修剪那边的树篱。”他手里握着电锯，却像是拿着一面盾牌。

但另一片树篱就是山雀们筑巢的地方，他们的胸前有棕色的斑点。我摇摇头，“不行，不许你这样做。”

“瞧瞧，夫人，我只是在做本职工作。”

“你老板的电话号码是多少？”

他告诉我一个人名和县议会办公室的电话号码。我盯着他直到他离开。或许，他现在又去了另一片树篱。

到处都是叽叽喳喳的鸟叫声，成鸟在雏鸟周围徘徊，偶尔他们会飞回鸟巢。此刻他们的运气实在太好。我匆忙赶回房间，汗珠顺着后背流了下来，我甚至都没来得及把开襟毛衫脱掉。

“请问埃弗里特（Everitt）先生在吗？我有急事找他。”

在我等电话的时候，特拉（Terra）飞进房间落在我身旁。她也许能预感到不幸即将降临，鸟儿们的直觉要比我们人类更敏锐。此刻，我的心依然在怦怦乱跳。

“埃弗里特先生，非常感谢您接听我的电话，我是来自迪切宁（Ditchling）的莱恩·霍华德（Len Howard）。今天早上，我很吃惊地发现您安排的工人在修剪树篱。现在可是鸟儿的孵化季节！我正在研究这些鸟儿，我的研究会被毁掉的。”

埃弗里特先生告诉我，必须提交一份要求推迟树篱修剪时间的书面申请县议会才能决定此事，他自己无权决定。我感激他并请求他保证暂时不要修剪树篱。

“我尽力而为，”他说，“工人们通常会听我的。”他咳嗽了几声，声音听起来像个烟民。

我知道，如果工人们回来继续修剪树篱，大山雀就会立刻飞来警告我。打完电话后，我仍然忐忑不安，有时连远处汽车的发动机声都误以为是电锯修剪树篱的声音。雅各布依然躁动不安，这与他平日的表现截然不同。他已足够成熟，至少六岁了，更清楚当前的威胁。我开始写信，他们必须听我的。

* * * * * *

第二天一大早我就去了村里。这是一年中开始暖和的日子，但气氛很压抑，似乎要把我压垮。我双腿像灌了铅一样，步履沉重，而且这种感觉愈发强烈。通常只需十分钟就能走到的路程，但这次我走了二十分钟。

我敲了敲杂货店的窗户，现在还不到九点。

“西奥（Theo）。”

我又敲了几下，随后看到一头蓬乱的白发在柜台后晃动。西奥站起身，抬起一只手，在向我打招呼，或者示意我稍等一会儿。他似乎在翻找什么东西，里面传来金属相互碰撞的声音。

“格温德伦（Gwendolen），什么风大清早就把你吹到这儿来啦？”西奥面带倦意，他满脸皱纹，像布满了蛛丝一样。

我告诉他县议会正打算修剪树篱，并把我写的信给他看。

“你能在上面签名吗？”

他戴上眼镜，把我写的信仔仔细细地读了一遍，然后连翻了三个抽屉才找出一支笔。

“埃丝特（Esther）昨天在店里干活，她把一切都弄得乱七八糟的，刚才我都找不到前门的钥匙了。”

“埃丝特怎么样？”

“她正在攒钱，想买一辆小型摩托车。我们对此毫无兴趣，但现在的小女孩人人都有一辆。”西奥的目光越过眼镜框看了我一眼，然后耸了耸肩。

“她已经十六岁了吧？”我的脑海里浮现出的依然是一个小女孩的样子，她是西奥女儿的长女，是个早熟的孩子，眼皮上总是涂着一层厚厚的眼影。

“还没到十六岁，下个月才十六岁。为什么不把信留在这儿，格温？我可以请店里的顾客签名。”

“好主意。”我向他道了谢，和他约定下午晚些时候再过来。我拿着购物篮，然后和往常一样四处走动。面包师给了我一条昨天没卖完的面包；肉贩给我留了做培根剩下的碎肉；水果商给了我一袋剩下的苹果。我本打算去一趟布莱顿（Brighton），到苗圃看看，但随即打消了这个念头。天气太热，我实在不愿意在那些坡路上来来回回折腾，太累了。在回家的路上，雅各布飞过来向我打招呼。我看到去年在我家花园筑巢的知更鸟夫妇，或许今年他们在邻居的花园里安家了，但这并非明智之举。邻居家的猫是只可怕的鸟类杀手，据我所知，比她之前养的那只黑猫还要凶残，经常窥视周围所有的巢箱。也就是说，它知道每一只鸟儿在什么地方。我曾再三告诉我的邻居，她要对所有的悲剧性后果负责。

大山雀正在花园前晒太阳，他们伸展着翅膀。雅各布和单眼圈（Monocle）相互依偎着，就像一对好兄弟，其实他们经常争吵，或许是温暖的阳光让他们变得如此安静。特拉落在我要经过的那条小道上，雅各布的长子栖息在一根低矮粗大的树枝上，他比别的鸟儿反应要迟钝一点，但食量惊人。走进房间后，我重重地坐在转椅里。我必须马上返回村子。小可爱（Cutie）落在我的头顶，又立即飞走了，之后巴佛（Buffer）又来了，这是雏鸟们发现新大陆的游戏，每年都是如此。他们从橱柜上飞到我的头顶，又从我的头顶飞到餐桌，然后又飞回橱柜，如此三个来回之后，从窗户飞走。他们的动作如此迅捷，现在，也只有现在，才能随处看到他们的身影。

* * * * * *

在我回家经过的小道上空，雅各布又飞来向我发出警告。在听到噪声之前，我知道他们又开始修剪树篱了，因为我已收到县议会的来信，他们深表歉意，但绝对不可能停止目前的工作，不可能因为我个人的关注而放弃修剪工作。我回信表达我的反对意见。仅仅一个星期后，昨天我收到一封短信，告知市长正在考虑我的建议，原以为危险就此解除了。我快速奔向事发地点，像一匹老马一样一瘸一拐地跑着。我看到雅各布在疯狂地飞来飞去，其他的大山雀、知更鸟夫妇和麻雀夫妇也是如此。

“那片树篱下有鸟巢。”我喊道，心怦怦直跳，都提到嗓子眼儿了。但这一切已经既成事实，只有黑鹂离开了，或许他们的雏鸟已经长出羽毛，但知更鸟的雏鸟太小了，还无法飞行。

一个长着红黄色头发、长度刚好到衣领，圆脸上长满雀斑的年轻人摘下护耳器问我：“啥事儿？”

“你把雏鸟都弄死了。”我咬牙切齿地说道，唾沫横飞，溅到他脸上。

他看着树篱。阳光过于刺眼，他眯着眼，顿了顿，犹豫了一下说了句：“抱歉。”

“瞧瞧你们干的好事。”雅各布正在充满哀怨地鸣叫；麻雀一家也叽叽喳喳地叫个不停，呼唤着同伴；黑鹂发出我从未听到过的可怕叫声。

那个小伙子看着画眉鸟、知更鸟和黑顶山雀在树篱上空飞来飞去，飞到田野又飞回来，然后在他和工友的头顶徘徊，最后又飞向我，蓝色的眼眸中飘过一丝阴郁的神情。随后，他制止了两个同伴，指着从他们三人之间飞过的麻雀。他们沉默了。我听到鸟儿们的鸣叫声更加响亮了，他们一遍一遍地呼唤着，发出只有在喜鹊攻击他们的巢穴时才会发出的那种叫声，但这次他们鸣叫不止。我待在原地，一直等到他们淡出我的视线。其余的鸟儿都离开了树篱，只有雅各布还留在那里。我呼唤着他的名字，给他拿了一粒花生，但他并没有飞过来。

我沿着树篱寻找鸟巢，想看看是否还有雏鸟落在里面，但我一只都没看到，只有一些小片的羽毛散落在修剪过的树叶和细枝中间。在拐角处，我发现一只从鸟巢掉落的雏鸟，那是一只麻雀，刚刚长出羽毛。我小心翼翼地把它棕色的身体托在手掌心，意识到情况不妙。这只小生命浑身发颤，一会儿就一动不动了。我在树篱下挖了一个小坑，把它轻轻放进去掩埋了。压抑笼罩着我，挥之不去，直到我回到家。大山雀一家在我的周围飞来飞去，和平时相比，显得焦躁不安。我在鸟食台给他们投放了食物，时间要比平常早一些，或许这会分散他们的注意力。我放的食物有花生和一些切成小片的梨，因为现在是鸟儿们的筑巢季，所以没有投放含脂肪的食物。

晚春的绿色依然随处可见，翠绿鲜亮，我坐在屋前一张老旧的花园长凳上，浑身都要散架了，感觉腰都要断了。该死，我已年迈体衰。特拉飞落在我的肩头，她纤细的爪子戳进我的短衫里。尽管从未在屋内栖息，她对我却非常依赖。她把巢筑在了高高的苹果树上，谢天谢地，幸亏没在树篱安家。修剪树篱的事似乎对她影响不大，特拉用鸟喙轻轻地啄了一下我的肩膀，似乎要提醒我什么。她经验丰富，知道这事不值得我如此兴奋。

星星一

在当代动物研究理论中，行为主义处于支配地位。这一理论认为，科学的有效数据只能在不受外界刺激的条件下获得。按照这种理论，动物的反应可以用重复性的实验去衡量，动物的思维，包括人类的思维，被视作一种我们无法了解的黑匣子。从这一理论来看，我们对自然行为的描述几乎没有科学依据，因为行为无法客观地去衡量。例如，达尔文有关动物智力的著作就缺乏科学依据，因为其理论基于趣闻逸事之类的证据。然而，行为主义却无法解释这样一个事实：很多动物被关在笼子里时的行为和不受约束时的行为大相径庭。很多鸟儿天性胆怯，害怕人类，当他们被关在实验室时，其行为和研究结果必然会受影响。此外，一切基于这种理论——动物的思维和情感是不可知的——经验主义式的研究只能产生支持这一理论的结果。若将某人想象为机器，你的研究就会反映这一观点，而且会决定研究对象做出反应的范围。需要特别注意的是，我在此有意使用了“研究对象”（object）一词。

因此，所谓研究动物的客观方法（objective method）和其他方法一样，都被蒙上了种种假说的色彩。十年前我就搬到了位于苏塞克斯郡（Sussex）的这所小房子里，后来我称其为鸟舍（Bird Cottage）。房子位于一片小树林边，所在区域风景优美，有数不清的鸟儿和其他动物：林鸽、布谷鸟、秃鹰、灰林鸮、棕柳莺、红头潜鸭以及狐狸、獾、田鼠、鼹鼠。房子周围的树木和丛林中有很多小型鸟类，如黑鹂、大山雀、知更鸟和麻雀。在搬来后不久，我就在屋前的露台上给鸟儿们搭建了一个鸟食台，每天早上七点和下午五点，我会给他们准备一些可口的食物。后来我又放了一个鸟浴池，在房子、老橡树和苹果树上挂了几个巢箱。不久，黑顶山雀就来试探了一番，麻雀立即将他们赶走了。一旦有机会，麻雀就想接管这片领地，但他们对我的惧怕胜于对黑顶山雀的惧怕。我坐在花园的长凳上花了很多时间观察鸟儿，他们都有机会在鸟食台享用食物，观察屋中的种种变化。

自1938年2月以来我就居住于此。大多数的鸟儿开始忙于筑巢——有些时候他们筑巢是为了寻找伴侣。他们对彼此更感兴趣，对我则很冷淡。但在三月份，情况开始变化。毕利（Billy）——一只年长、举止高傲、叫声响亮的大山雀——比其他同类鸟儿的脸皮更厚。他是第一只如此做的鸟儿：每天清晨飞到鸟食台，下午飞到鸟浴池舒舒服服洗个澡。四月某个温暖的日子，他从窗户飞进房间，绕起居室飞了一圈后又迅速从窗户飞走，次日又是如此。大山雀的学习方式之一就是相互近距离观察。很快，毕利的伴侣格林妮（Greenie）也和他一起飞进房间。我叫她格林妮，是因为她长着一身绿色发亮的羽毛。自此以后，我始终让天窗开着，便于他们进出。这是一种特殊生活方式的开端，一直持续至今，我也从中学到了很多。

1900

"看呀，莱妮（Lennie）。"父亲手里托着什么东西。我朝他跑去。

"爸爸，那是黑顶山雀吗？"

"不，是蓝冠山雀。他从鸟巢掉下来了，我在女子学校旁边的一棵山毛榉树下发现了他，准确地说是彼得（Peter）发现了他。"听人提起他的名字，彼得摇起了尾巴。

"你先拿一会儿，我找个盒子把他放进去。"

他纤细的羽毛多么可爱！生平第一次触摸到如此柔软的东西。我将双手捧成碗状做他的巢，然后举着他靠近嘴边，轻轻地吻了一下他，羽毛好柔软。他的头很小，羽毛湛蓝无杂，这个小生命忐忑不安，微微颤抖着，他也吓了我一跳，但我依然把他捧在手里。

"把他放进来，小心，小心一点。"父亲从书房拿来一个硬纸板做成的盒子，盒子底部有一条横切的细缝。我轻轻地把蓝冠山雀捧在手里放进盒子，手碰到盒底后才慢慢松开。

“很棒哦。现在我们去给他买些食物吧。”父亲拉着我的手。奥丽芙（Olive）、金斯（Kings）和杜德（Duddie）都去上学了，妈妈还不让我去上学，但现在我真幸运。

“弗洛茜（Flossie）——”父亲用头顶开母亲卧室的门，“我要带莱妮去镇上给蓝冠山雀买些碎肉。”

“叫她格温德伦，这才是她正式的名字。难道你不用工作吗？”母亲说话的声音要比前几天轻松了一些，或许她的头不疼了。

父亲对她的反对意见充耳不闻。

“来吧，格温德伦。”我很不情愿地走进昏暗的房间，里面充斥着某种陈腐的气味。母亲整了整我的衣服，然后抱着我。这种味道源自于母亲。她放开我后，我迅速跑向父亲，他在外面等我呢。

我在宽阔的人行道上蹦蹦跳跳，紧跟着父亲的步伐。

“爸爸，我们去哪里？”

“先去肉店，然后去伏特（Volt）先生的商店。”

我又蹦又跳，腿抬得越来越高，我很喜欢这样玩。父亲脚落地的时候我的脚也跟着他的步伐落地，发出叭嗒叭嗒的响声，就像马的两只蹄子。

我们到肉店的时候，彼得不得不在外面等着，他立刻坐在地上，知道自己应该做什么。我摸了摸狗狗衣服的白边，很快跟着父亲走进了商店。

“请给我一些上等的牛肉馅，给蓝冠山雀吃的，不需要太多。”如果店主——屠夫约翰逊（Johnson）——不在店里的话，胖子吉米（Jimmy）做事就会慢慢腾腾。

“谢谢您，能否请您给我一片火腿呢？”

胖子吉米耸了耸肩，走到切成片的火腿前。父亲朝我眨了眨眼。我们走出商店时，他把火腿撕成两半，一半给了彼得，一半给了我。

伏特先生的商店出售各种商品。他的眼睛有点一高一低，位置低的那只眼睛凸出来。杜德曾告诉我，有一次有人给了伏特狠狠一击，他的眼睛就再也回不到原来的位置了。奥丽芙说，因为这个缘故，伏特先生的那只眼睛看不见了。但他始终看着我，就像真的能看见我一样，似乎他能用那只眼睛看到比别人更多的东西——那些别人看不见而他能看到的东西。

“你好啊，霍华德先生。你好啊，年轻的女士。有什么需要效劳的吗？”

“麻烦您给我来点鸟食，喂蓝冠山雀的那种。”

“没问题。先生，我们有通用的混合型鸟食，您需要多少？”他从最高一层的架子上取下一个罐子，然后拿起一个纸袋子。

“只需要喂到小蓝冠山雀能飞就行啦。”父亲说道。

商店里摆满了各种各样的罐子和形形色色的储存箱，在角落里还有一具骨骼标本，我走到跟前用手触碰了一下，那具骨骼标本突然动了起来，吓得我赶紧把手缩了回来。

“天啊，”伏特先生说道，“可得小心，有时候幽灵会让他动起来。”

“多少钱？”父亲问道。

“哦，先生，这不用记在你的账里。这位年轻的女士需要点什么呢？”

我走到柜台跟前。

“硬圆糖还是薄荷糖呢？”

“请您给我来一个‘嗡嗡叫的虫子’（humming bug）。”

伏特先生从柜台后面的一只玻璃坛子中拿出了糖果，那些糖果红绿相间，看起来就像一只只带条纹的甲虫。

“谢谢您！”和之前与奥丽芙练习过的那样，我向他屈膝行礼。

“真懂礼貌啊！”

回家的时候，彼得在我们前面一路小跑。薄荷糖融化在我的嘴里，甜甜的。我从口袋里又拿出来一块看了看，想知道现在看起来还像不像带条纹的甲虫，但糖果已经变成扁平的小块，现在是斑点甲虫了。

泰萨（Tessa）在我们刚到门口时打开了门。我跑步穿过高高的门廊，冲进客厅。装蓝冠山雀的盒子就放在桌子上。

“他还活着！”

“太好了，所以我们现在就可以工作了。现在几点？”

我看了一下挂在窗户上方的钟表回答道：“三点。”

“三点整？”

“差不多，三点零一分。不，三点零二分。”

“嗯，差不多就是三点。听着，从现在开始，我们每小时就给小鸟喂一次食。”

父亲把肉末搓成球状，然后用小拇指将它顶进小鸟的喉咙。他吞下了这些鸟食，我立刻欢呼雀跃。

“我马上将鸟食和碎肉用水和在一起，之后就是如何喂食的问题了，如果小鸟明天还活着的话，你也可以喂他。”父亲给蓝冠山雀又喂了两粒肉丸，直到小鸟再不吃了。父亲的手指修长而灵活，我仔细观察他的一举一动，以便我明天也可以这样做。

“去问问厨师是否有一个脚炉，我觉得这个小家伙有点冷。”

“我能用手捧着它吗？”

父亲摇了摇头。我跑进厨房。

“厨师，厨师，我们救了一只小蓝冠山雀，它有点冷，能否借你的脚炉为他取暖？”我蹦蹦跳跳地说。

“天哪，孩子，安静点！”厨师慢慢从椅子上站了起来，嘴里嘟嘟囔囔地说着什么，“跟我来，不要再大喊大叫了，你母亲的身体还不是很好。”

我跟着她走下陡直狭窄的楼梯，迈着小碎步，一只手扶着潮湿的墙壁，走进地下室。

“如果明天他还活着，爸爸允许我喂他。”

厨师嘴里哼了一声，随后在靠里面的角落摆放的无门橱柜里找到了脚炉，我从她手里接过脚炉。

“走路小心点。”她在后面叮嘱我，但我已经一溜烟爬上了楼梯。

星星二

数不清的山雀、黑鹂、麻雀和知更鸟生活在鸟舍附近的花园里，那里还有一些其他访客，如寒鸦、乌鸦、松鸦、蓝冠山雀、其他雀类以及啄木鸟。有些鸟，如燕子，每年都要回来一次，其他的鸟儿则时不时地来访。有些鸟儿本应该只在夏季来，但他们却一直待在这里。另外一些鸟儿只在某个特定季节或者特定月份才会飞到这里。几乎每一种鸟都要窥视一下鸟舍的内部，但我竭尽全力试图让乌鸦待在鸟舍外。乌鸦让更小的鸟类忐忑不安，而且还会掠夺他们的巢穴。跟我关系比较亲近的是大山雀，他们或许是所有鸟类中最聪明的，充满了好奇心，是理想的研究对象。

第一次来访的时候，毕利和格林妮非常紧张，但他们很快就待在里面了，尤其是秋去冬来特别是伴着几周降雪的时候，其他的大山雀也纷纷效仿飞进鸟舍。那年的十二月，有些鸟儿首先开始在屋内寻找栖息之地。他们的选择不一定会让人快乐——他们可能会栖息在窗帘杆和天花板之间或者推拉门的门框上，那就意味着我无法再拉上窗帘或关上门。因此，我开始在墙上钉一些盒子让他们安家，或者挂一些小木箱。每次他们很快就明白我的意图，不久就有几只大山雀开始将挂在墙上的盒子作为他们的栖息地。相比在室外，他们很少在室内为栖息地而争吵不休，或许因为他们将鸟舍视为我的领地。但在繁殖季，他们会一直在户外寻找能够筑巢的地方。到目前为止，还没有一只山雀在屋内筑巢，或许屋内没有足够的隐私空间。

尽管有时候我的出现会影响他们的行为（比如，如果我突然站起来，他们就会受到惊吓；我推门而入的时候必须大声说"花生"，以此预告我的到来），但大山雀们很快就和我相熟了。他们不仅给我提供了研究其行为的机会，也让我近距离记录他们之间的相互关系。通过这种方式，我认识了大约四十只大山雀，每一只都有自己特殊的喜好和愿望。

通过这些鸟儿我了解到：他们自身的智力所发挥的作用要比生物性决定取向或者科学家所说的"本能"所发挥的作用更大。若以这种方式研究鸟类，我必须竭力让他人远离鸟舍。鸟儿对微弱的声音变化和周围环境中最轻微的干扰也会做出反应。即使来访者竭力不发出声响，鸟儿们依然希望尽快飞离。一旦受到惊吓，他们很长时间后才会飞回来——大多数鸟儿至少需要半天时间。

在和大山雀互动时，我经常觉得自己反应迟钝，笨手笨脚。

他们的听觉比人类敏锐，视域比人类宽广。他们的眼睛位于头部两侧，部分视力属于单目视觉（两只眼睛分别可以看到不同的东西），部分视力属于双目视觉（两只眼睛同时看同一个东西）。这使他们的视域非常宽广。他们的观察力比人类更敏锐，不仅对环境的干扰，而且对天气的变化、水果的颜色（尤其是对浆果的颜色）以及其他生物的运动都比人类敏感。当然，他们也和人类有许多相似之处。和人类一样，他们有很多独特的生活习惯。比如，他们在吃饭或睡觉时有一些程式化的行为习惯：始终有六七只大山雀在房间里的巢箱中睡觉，有些鸟儿只有在天气特别寒冷的时候才会飞进屋，而有些鸟儿在一年中的大多数时间栖息在天花板下用挂镜线固定的鸟笼中。

和我们人类一样，鸟儿们有很多交流方式：鸣叫或唱歌、震动翅膀发出声音、目光交流、身体的接触、各种动作或姿势、舞蹈等。不久，我也学会了很多与大山雀互动的方式。通常我跟他们讲话，他们会凭直觉懂我声调的意义。在彼此相处的过程中，他们逐渐了解了我使用的单词的意思，也懂得了我的动作表达的意义，我们也会通过目光进行交流。

有些鸟儿甚至喜欢栖息在靠近我的地方或者落在我的身上。他们往往在我发现他们之前先看到我，在我转头看他们的时候就已经朝我看过来。这不仅因为他们的双眼在头部两侧，而且因为他们的行动更迅捷。起初，我感觉鸟儿们对我的理解超过我对他们的了解，但后来发现，我们了解彼此的程度差不多。和对人的了解一样，我对个别鸟儿的了解甚至比其他鸟儿更多。有些鸟儿非常特别，譬如秃头（Baldhead），一只雄性大山雀，在他生命的最后几天变得非常温顺，整天待在我的腿上。有一只叫退斯特（Twist）的鸟非常勇敢，也很聪明，是我学习大山雀语言的第一个向导，她也是我认识的最聪明的大山雀，和我关系最亲密。

1911

似乎有人在我的心房打开了一扇门或者一扇窗，让温情随之而入。我从花园尽头朝奥丽芙跑去，夏日柔软的草丛清翠欲滴。

“爸爸还在那儿吗？”她问道。

我摇摇头，“你闻到玫瑰花的香味了吗？瞧，它们正在盛开。”我抓住树篱后的一枝玫瑰花，压弯朝她伸过去。

奥丽芙点了点头，又伸了伸腰，“亲爱的，你能给我拿杯喝的东西吗？我站了一整天了。”她今天和母亲去商店买衣服。

母亲在温室里拦住我，“格温，你的节目准备好了吗？你爸爸半小时后就下楼了，他会朗诵他的最新诗作，保罗（Paul）会朗诵他组诗中的一首，或许你在最后给我们演奏一首巴赫组曲。”我耸了耸肩。

“格温德伦。”母亲严厉地看着我。

“遵命，妈妈。”我继续往厨房走去，问泰萨能否来一杯香槟，“给我姐姐喝。”

“小姐，鸟儿们怎么样了？”

“大山雀雏鸟死了。但昨天我把喜鹊放飞了，似乎一切顺利。”

“你真是一个天使，小姐，我刚才还跟厨师说这事来着。”

我挥手跟她道别，拿着香槟走了出去。保罗正斜倚在门柱上，他卷卷的头发在墙上映下一个个小圆圈。他把脸转向缓缓落下的夕阳，我经过的时候，他转过头看着我，我猛地向前跨了一大步，满脸通红，假装没看到他。

“格温德伦。”

我回过头看了他一眼。

“演奏之前喝香槟是明智之举吗？”

“我是拿给奥丽芙的。”我的手指紧紧握住玻璃杯。

“我知道，我在逗你玩呢。”

我的脸更红了。

“期待你的演奏。”

我点了点头继续飞快地向前走，香槟从杯口溅了出来流到我的手指上。我应该对他的诗做一些评价，父亲之前让我读过那些诗歌，鲜活生动，思绪飞驰，让我感动。

“谢谢！”奥丽芙将太阳伞收了起来，尽管如此，她还是坐在阴凉处，“你的表演马上要开始了吗？”

“爸爸很快就到，半小时以后。”从眼角的余光中我看到保罗消失了，他就像穿着晚礼服、放在蛋糕上的玩偶。表姐玛格丽特正在谈论婚姻，但在她看来婚姻似乎是监牢的另一种形式。

“你是要演奏巴赫组曲吗？”

我点了点头，同时把组曲的乐谱在脑海中预演了一遍。

“斯托克代尔（Stockdale）会来吗？”

“他应该会来。”我希望他能来。斯托克代尔是伦敦某个管弦乐队的指挥，他好久没听我演奏了，过去的几个月我一直都在拼命练习。

查尔斯（Charles）——父亲养的一只乌鸦——飞进常春藤。他在我伸开的手掌上双足跳了几下，然后又飞回树丛。他不喜欢家里热闹的气氛。他飞的时候将一坨鸟屎拉在维恩（Wayne）先生的玻璃杯上，时机拿捏得很准——维恩先生刚刚喝了一小口香槟。维恩先生在小镇上教音乐。

“卑鄙的家伙。”奥丽芙做了一个鬼脸。

上次聚会，斯托克代尔在我们家向玛吉（Margie）眉目传情，我想他的用意非常明显。玛吉二十二岁，在斯莱德艺术学校读书，她的父母去旅行了，所以这个夏天她待在我们家。玛吉喜欢和每个人打情骂俏，大家也都能容忍她，因为她看起来似乎非常天真无邪。斯托克代尔认为玛吉已经上钩了，但傍晚时分，玛吉开始哈欠连天，不断给自己找理由，之后站在楼梯上向我们挥手道别，然后就消失了。

奥丽芙从桌子上拿起一碗坚果放在椅子边上，挑拣最可口的一个个送入口中，嘎嘣嘎嘣咬碎吃了。

泰萨来接我们。室内比较暖和，挤了一群人，几乎没有我的立足之地。人们大老远赶来参加这场晚会，在威尔士地区，父亲是唯一一个在固定地点组织这类聚会的人。斯托克代尔捏了捏我的手，他的手指很长。此时，他的呼吸粗重，别在纽扣孔里的康乃馨随之抖动。

母亲站在钢琴旁边开始致辞，“欢迎大家！”她说话时的语气与平日不同，显得很不自然。

从房间的另一头我可以看到哥哥杜德利（Dudley）那宽宽的额头和长满金发的脑袋。我走向他，尽量不引起别人的注意。

母亲扬了扬眉毛对我说：“我可以等你。”

人们正在开怀大笑。杜德利侧了一下身给我腾了个地方，保罗坐在我后面。我逐渐意识到穿着玫瑰色长裙的我后背是什么样子——衣服是母亲给我挑选的，紧身，显得很有女人味。母亲先提到哥哥的名字，然后提到我的名字，似乎我们是一个整体，我们的名字通过某种力量和魔力紧密相连。

父亲纽曼（Newman）开始朗诵他的作品《珀耳塞福涅的脚步》（*Footsteps of Proserpine*）中的第二首，那是一首有关爱情与黑鹂的诗歌。这部诗集中的好多诗歌都是写给母亲的。我伸了伸懒腰，活动了一下手指，想象着开始弹钢琴的样子：嗒——哒哒——哒——哒哒哒。父亲从他第一部诗集中又选取了两首诗朗诵，然后又朗诵了一首有关一座城市随时光变迁而改变的诗歌，比前一首更长，之后又朗诵了一首从他的希腊组诗中选出的有关特洛伊战争的诗歌。毫无例外，他的诗歌都太长了而且形容词太多。在成为诗人之前，父亲是一名会计。

哥哥金斯利（Kingsley）气喘吁吁地跑过来跌坐在最后一排

的一张椅子里，他的动作幅度很大，以至于大家都为他让道。他依然穿着法兰绒质地的衣服，从我坐的地方都能闻到他身上的味道。我看向他的时候，他做了一个鬼脸。

父亲的声调突然升高，之后略略停顿，然后又变小，满怀自信地结束了他的朗诵。保罗在大家鼓掌的时候走到前面，我低头看了看他的双脚，然后瞥了一眼他的脸颊，他的脸蛋红扑扑的，我们四目相对。他开口发言，我几乎听不到他在说什么，但我知道他说的内容，随后他结束了发言。

母亲向大家介绍了我，我调了一下钢琴的音调，手指感到一阵刺痛。我开始弹奏：不确定，确定，不确定……

* * * * * *

大家都离开后，我下楼走到我站过的地方，离我坐过的地方有 2 米远，或许差不多 3 米远。我能看到自己在那里驻足，转过头双目斜视，脸颊像火烧一般。透过窗户，我看到父亲往玻璃杯中倒香槟，然后递给母亲。窗户打开后，房子又能自由呼吸了。与此同时，白天的最后一缕阳光也消失了。

我弹奏完之后，保罗走过来跟我交谈，问我是否会继续追求我的音乐梦想。

我耸了耸肩，“有可能。”

“那你就必须搬到伦敦。”

“我也认为有必要如此。”

“那儿有我的熟人，我可以帮你找到住所。”

我点了点头，向他表示感谢，然后说："抱歉，我妈妈想和我说说话。"母亲还是把我当成小孩！我快十八岁了。

"当然。"他点了点头走开了。我做了个深呼吸。屋外的空气中弥漫着绿草、烟火和香水的味道。我想他会跟着我。各种期望不断加深形成更大的期望，有些重要的事情演变成了最迫切的期待，之后会有别的事情取而代之，以致我们很难衡量孰轻孰重，深陷其中时，我们很难看清自己，也很难对现状和未来进行区分。保罗离开后，一切将回归本来的状态，或许过几周我还会看到他，我应该跟他谈论一些深刻睿智或诙谐俏皮的话题。我心中的那团烈焰熄灭了，充满了困惑，但又满怀渴望。我和他能交谈的时间很短，他也不会告诉我他所做的一切毫无由头，有关住宿的建议和伦敦有熟人的话题亦是如此。之后他朗诵了一首以某位女性为主题的诗，诗中的她一直在追求某种东西。

父亲在找我，我走出屋子。

"宝贝，你弹奏得很好。"他打了几个嗝，搂着我，把我拉向他。微风吹来，夹杂着大海的气息，但没有海水那种淡淡的咸味。母亲将杯中的酒一饮而尽。

我挣脱了父亲的怀抱。

"我想去音乐学院读书。"

"宝贝，你太小了。"父亲满怀歉意地看着我。

"那样的话你就得搬到伦敦去住。"母亲说道，"宝贝，我觉得你应付不了。"她摸了摸我的脸蛋，然后轻轻捏了一下。

"我当然能应付。"

母亲没再说什么。父亲盯着漆黑一片的花园。

“我当然能应付。”我又重复了一遍，说话的声音比刚才要大，“我已经不是小孩子了。”

父亲把他的一只手搭在我的肩上，我甩开了。随后，我从他们身后走开，穿过草坪，转身回屋。

在楼梯上我碰到姐姐奥丽芙，她端着一盘沙拉。

“它们是不是很动人？”她问我，“我是说保罗的诗非常优美。”

“我想我爱他。”

“你恋爱了！那完全是另一码事。”她很严肃地看着我，“你不能将一种感情和另一种感情混为一谈。”在她看来最好不要碰感情。

我深吸了一口气。

“结束你的浪漫故事吧。”

她随我走进卧室，坐在床上开始吃东西。她在该吃饭的时候不吃东西而在饭后常常喊饿。

“你的演奏确实很精彩。”

“我想成为一名小提琴手，每个晚上都拉琴，在伦敦或者别的地方开始新生活，我想自己谋生。”但我必须得搞清楚音乐学院入学考试的内容、时间和要求达到的水平。

“你无须为生计发愁，我们家家境富裕。”

“我想过我想要的生活。”

“在这儿你也可以啊，不是吗？”

我摇了摇头。

奥丽芙只吃了一半沙拉，之后把盘子放在我床边的桌子上跟我道了晚安。我走到窗边，看到父母依然坐在外面的长条凳上，前面摆着一张小桌，上面放着两只杯子、一个烟灰缸和父亲的一本诗集。再也听不到黑鹂的叫声了。我拉上窗帘脱衣服，此时我闻到自己的体味。对我而言，这是一个难忘的夜晚，束腰带的勒痕依然清晰可见，我取出日记本，然后坐了下来。

今天早晨，查尔斯飞进花园，晚上又飞出去。在所有人都离开后，我再也没看到他，或许他已经回到了树林边的栖息处。我听到的黑鹂叫声，肯定来自迈克（Mike），几周前他在我家花园中筑巢。这些年来，我一直记录那些飞进我家花园的鸟儿，有时候还会写一些他们的故事，但只有父亲认为这些故事很有趣。前年，我将我写的故事投给杂志社，但杳无音讯。因此，我最好集中精力学习音乐。但鸟儿对作曲家也很重要。不久前保罗告诉我，莫扎特曾经从他养的宠物鹦鹉那里获得过灵感。保罗，我草草写下他的名字，然后又划掉。

渴望就是——

明白你深不可测，

知道你变化无常，

知道你是水，

那无法控制的水。

* * * * * *

学校的灯光似乎触手可及，光线中漂浮的灰尘让阳光显得有形有质。我的鼻子发痒。

“稍等片刻，”玛格丽特说道，她不耐烦地举起一只手，“我快抓住你了。”

我使劲擦了一下鼻子。

“来吧，格温，安静地躺一会儿，好吗？”

我凝视着她背后墙纸上的破洞。学校在几年前已经关闭了，里面的房舍已经废弃了，三个星期之前，玛格丽特发现学校的后门有一半被常春藤遮掩而且未上锁，昨晚她对我说：“我们可以进去，否则她们会把门锁好。”

她把我放在桌子上，然后将一条床单裹在我身上。查尔斯飞了进来，但一刻钟后又飞走。我没法自由行动，也没有吃的东西给他。

“嗯，很好。亲爱的，抱歉，很感激你这样对我，我知道天气炎热。”她向后退了一步，半眯着眼睛。墙纸上的破洞好像变成了一个人、一只动物、一块补丁。

“女士们好！”忽然传来保罗的声音。

“保罗！”玛格丽特问道，“你在这儿干什么？”

“你舅舅让我来找你。你好，格温，你看起来，嗯……如此与众不同。”

“她不让我动。”我回答道，“允许我说话就算是给我自由了。”

保罗说他们打算坐船去旅行，我们应该一起去。

“首先，”玛格丽特说道，“我还需要一点时间。你们打算什么时候出发？”

他来这里是为了我吗？我依旧没动，看着他们互相交谈。很显然，他不再看我了，现在他正盯着墙上的画仔细看，然后才看着我，随后他答道：“我们十五分钟后出发。”

玛格丽特告诉他：“那你得马上走。”她拉了拉自己的格子衬衫。

在离开屋子前，保罗又看了我一眼，就好像我的身体里有某种等待他发现的东西一样。在如此安静的地方，我可以感知到自己的手掌、脚掌和肌肤。

玛格丽特又给她的画作添了几笔，但似乎保罗的来访分散了她的注意力。

“我们真的该走了，不是吗？”

“我并不想去乘船旅行。”

“哦，但我已经准备好了。”她用右手的小拇指擦掉了画作上的一些油彩。我坐了起来，脚都麻了，手伸到脖子后面拉了拉衣服。

“你看看如何？”她把画作转向我。我看到她画了一个女神之类的人物或者来自另一个时代的人物，她长着一张像我一样的脸蛋，但比我更漂亮，身材比我更修长，更优雅。画的一角有一只乌鸦栖息在台柱上。

“你凭想象画出了她的胸部。”我现在知道了保罗为何用那样的眼神看我。

玛格丽特笑了笑，“和你一模一样对吧？”

“你准备如何处置这幅画呢？”

“当然是展览啦，或许就在这儿，这个季末，这里是举行画展的最佳场所。”她先于我离开房间，把油画布留在了原地。从远处看，她还画了一扇窗，画中的人物正透过窗户看着外面的大海。

* * * * * *

“莱妮！玛格丽特！”父亲站在船头朝我们招手。

他伸出手把我拉上甲板。我走到木船的船尾，用力把穿在身上的针织外套向前拽了拽，让它贴着我的肌肤。我又重复了一次，终于感到凉快了一些。

杜德利正在吸烟，坐在长条凳上舒展着长长的四肢。我走近的时候，他睁了一下眼睛，对我说：“金斯利不想和我们一起玩，他正在打网球。”今年夏天，金斯利每天都要打网球，从不和我一起观察鸟类。

玛格丽特把杜德利往旁边推了推，紧挨着他坐下。

“在这种天气下泛舟真是太美了！”她伸开修长的双腿，对着太阳闭上了眼睛。

“姑娘们，真高兴见到你们。我们在等保罗和迪米特里（Dimitri）。”母亲戴着那副太阳镜，穿着大家都认为能使她显得年轻的那身衣服，这样使她看起来和女儿们像姐妹而不是母女，“厨师给我们做了三明治。”

我走到船上的护栏边，看着远处的小山。

“船来了！”保罗站在码头上晒着太阳，迪米特里出现在他身后，他也是一位诗人，是保罗的好友。他故意留了一小撮胡须，胡须末梢因为涂抹了太多的发油而粘在一起。他是米克维斯特（McWest）先生的儿子，米克维斯特是个富翁，每年都在阿伯多维（Aberdovey）城外的庄园中度过夏天。迪米特里曾对奥丽芙有好感，但奥丽芙认为他是个一事无成的男人。

迪米特里说：“我们买了些苹果，还带了吉他。”

他们冲下石阶，跳到船上。父亲将小船驶离码头，他用力过猛，动作有点夸张。我们驶向远处的小山，经过满是淤泥的河岸，城堡式建筑周围长满了松树，建筑物前面旗杆上的旗子耷拉着。我走到前甲板和父亲坐在一起。上周我们在这里看到了田凫。

“我们能再去一趟伊尼斯－希尔（Ynys-hir）吗？”在过去的几个夏天，父亲和我一起去那儿观察过鸟儿的生活，沿着海岸向上游走，只需要一天就能到达那些盐沼了。

“宝贝，你现在长大了，不适合干这些事啦，你的行为举止得像个淑女。”母亲说着把我的裙子拉直。

我回答说：“我又没问你。”然后甩开她的手，把脸转过去。

“你好，格温。”迪米特里坐在我身边，伸出一只被汗水浸湿的手。

他笑着说：“你上周的表演真精彩。”他傻笑时的声音很刺耳，而且通常以这种方式结束谈话。

“谢谢！”

岩石由灰转白，顶部微黄。

“保罗说你在给玛格丽特做模特，你也是艺术家？”他朝着太阳眯了眯眼睛。他有点神经质，这让我很紧张。

“我想我该坐在凉棚底下，我快要被晒伤了。”我站起身，“不，我不是艺术家，也没有时间搞艺术。”

“哦，现在我明白了。”他又开始傻笑。

父亲正在和保罗谈话，还轻轻拍了一下他的肩膀。杜德利抓着栏杆，用手指划着水；奥丽芙在读书；母亲在篮子里找杯子；我和玛格丽特四目相对。水拍打着小船发出哗哗的声音。

“有人要吃午饭吗？”母亲开始分发包装好的三明治。

迪米特里坐在玛格丽特身边，她正在给迪米特里画速写。迪米特里找了一支笔和一个笔记本，嚷着要为玛格丽特写一首诗，并认为她就是诗一般的女人。

面包温热而松软，里面夹的黄瓜片滑到了餐巾纸里。我拿起一个三明治狼吞虎咽地吃起来。我感觉保罗正在看着我。

“味道好极了，”父亲说道，“面包味道很香，正是我想要的那种。”他轻轻拍了拍肚皮。自从不工作之后，他的肚子越来越大了。母亲看了他一眼，目光中透露出不满的神情。

保罗走过来坐在我身旁。“你的那些鸟怎么样了？”他给我讲了一个作曲家的故事，那位作曲家把黑鹂写进了他的音乐。

“奥丽芙，你也得吃个三明治。”母亲试图把三明治塞到奥丽芙手里，但她没有伸手去接，双手紧紧攥在一起。

“我不吃了。妈妈，我在节食。”

母亲也没有吃，她又问大家：“是不是该干一杯了？”

父亲点了点头，“随时都可以干一杯。现在是喝酒的最佳时机。”

大家都站了起来。玛格丽特和迪米特里放下手中的东西，紧挨着杜德利站着。

父亲先是高声朗诵了他创作的有关特洛伊战争的诗作，然后说：“干杯！”

“干杯！”每个人都回应着。

杜德利把玛格丽特顺着栏杆推进水里，之后紧跟着跳下去。迪米特里和保罗脱下外衣也跳进水里。

“我想他们不应该在这里游泳，”父亲说道，随后他也跳了下去，“这儿的水面貌似平静，实则暗流涌动。”

母亲点点头，但我怀疑她压根儿就心不在焉，根本没有听到父亲说的话。

* * * * * *

茂密的青草划过我的双腿，我一直向前走，一直走到听不到其他人声音的地方。我蹲在杜鹃花的灌木丛中脱下短裤开始解手，尿液溅在了小腿上。突然我听到某种声音，于是赶紧提起裤子。或许是兔子，或许是松鼠，或许只是风刮过树枝的声音。

迪米特里、杜德利和奥丽芙在游泳，父母坐在野营毯上。我也跳下水玩耍。我喜欢游泳，但这次来没带泳衣。

"玛格丽特去哪里了？"

父亲转头看着我。"不知道。"他慢腾腾地说道，腿朝外伸着，白白的，落在沙子上。

"爸爸，你喝醉了。"

"宝贝，我们只是在享受夏日的美好时光。"他并没有看出来我有点恼火，拿起吉它开始唱歌，但无人附和。

我朝小山走去，四下寻找玛格丽特。天气越来越热，我的双腿像灌了铅似的，走在热热的沙子上。我沿着一条小道走向树林，那儿的树荫吸引了我。向上爬了一小段路后，我看到左侧有一片草地，燕子在草地上空飞舞徘徊，一会儿俯冲下来，几乎碰到草尖，一会儿极速飞转飞向天空。我顺着蓝色的花朵向前走，一只野兔受到惊吓狂奔而去。还没看到人就听见他们说话的声音。

"哦，哦，什么东西在叮我。"

"亲爱的，我不想待在池塘边，水里有很多蚊子。"

我又向前迈了一步，躲在一边。我看到保罗和玛格丽特躺在那里，相互拥抱着，身体连在一起，然后有一条腿动了一下，一只胳膊也开始动。他在挠她，她假意要挣脱。我后退了一步，跌跌撞撞地跑开了。他们肯定听到动静了，但那又如何？我在找玛格丽特。他们不应该这么偷偷摸摸的。走路时，我的脚步故意放得很重，胸口就像裂了一道缝要把我撕裂：起初是一条线，然后变成一个洞，后来变成一个大窟窿。泪水模糊了双眼，我看不清道路。我擦干眼泪继续向前走。为什么我要知道这些？其他人都知道吗？为什么我不明白这点？为什么他那样看我？

玛格丽特知道我的感受，他们此时肯定在大声嘲笑我。我快步跑过父母身边，他们没注意到我流泪了。在河边，我脱了裙子，只穿了内衣就跳进水里向其他人游去。迪米特里吹了声口哨，奥丽芙大笑起来，杜德利朝我泼水。我围着小船游来游去，想象着胸前的窟窿里灌满了水。跟着其他人上船时我感觉自己变成了液体。母亲看了一眼我的内衣，露出厌恶的表情。父亲满脸倦意，昏昏欲睡。水珠顺着我的双腿滑下。

父亲说道："我们很快要回去了，天气预报说下午要变天。"

"玛吉！"杜德利扯着嗓子喊道，"保罗！"

"他们去什么地方了？"奥丽芙问道，皱了皱眉头。

"格温，你刚才看到他们了吗？"母亲摘下眼镜问我，说着，她在脖子上搭了条方巾。

我摇了摇头，突然感觉胃里一阵绞痛。

玛格丽特回来了，像一只小母马蹦蹦跳跳地跑过草地，手里拿着写生簿。"我们这就要走了？我刚才在池塘边，那儿有好多美丽的蝴蝶。"她让母亲看她的素描，用手指着她画的蝴蝶。

"保罗还没来。"

就在这时，保罗从另一边朝我们走来，他的衬衫皱皱巴巴的，头发上粘着沙子。

"我是不是迟到了？抱歉，我走到树林里想写点东西，结果在那儿睡着了。"他走过我身边时朝我眨了眨眼。我假装没看到，跟着奥丽芙走到小船的操作台前。

玛格丽特和母亲坐在船中央聊天，"有没有剩下的三明治？

我突然饿了。”

母亲慢慢地打开一个个野餐篮铺在地上翻找。此刻她掌管一切。杜德利也喊饿了，保罗也是。

父亲伸出手说：“给我也来一个。”

“你已经吃得够多啦。”母亲盖上野餐篮笑着说。

父亲伸手去抓野餐篮，母亲紧紧抓住提手不放，父亲开始用力拽，母亲双唇紧闭，暗暗使劲，把篮子抓得更紧了。一边的带子被扯断了，母亲重心不稳向后摔倒，篮子里的三明治滑了出来，一个挨着一个排成一行。

玛格丽特说：“用来喂鱼吧。”说着她扶起母亲，然后把三明治一个个扔进水里。黄瓜丝散落在船尾。

父亲坐下来，全神贯注地盯着远方的地平线。杜德利和保罗把船开进海峡。远方的云变成了深灰色，云峰叠嶂，看起来显得更高了。

* * * * * *

玫瑰色的太阳，玫瑰色的天空，然后变成蓝蓝的天空，金色的太阳。

我躺在床上听到奥丽芙在敲门，然后是母亲，又是奥丽芙。

“格温”，奥丽芙伸进头窥视了一眼，“你没事吧？”

我坐起来，感觉好像眼睛肿了。“刚才有点不舒服。”

“厨师给你做了点燕麦粥，我让她给你端到你的房间？”

我摇了摇头，“我要起来了，或许我应该出去走走，呼吸点新鲜空气。”

“真的没事？现在已经十一点了。”

“没事。”我下了床，从摆在墙角高桌上的水罐中接水洗脸。在走廊，我从镜子里盯着自己看了一会儿，乱竖的头发，高高的鼻梁，长脸颊，一双充满怀疑的眼睛——我立刻明白了，在我的脸上找不到一处吸引人的地方。

杜德利直挺挺地躺在沙发上，像一只海豹，他在读《简·爱》，那是我的书。

我跟他打了个招呼，“早。”

他用胖乎乎的手指翻了一页书，指甲缝里还有黑黑的污垢。他现在无所事事，至少金斯利在工作，在迪米特里父亲开的工厂里上班。

“我说了‘早上好！’，”楼上的门砰的一声关上了，“顺便说一下，那是我的书。”

“哎呀，格温，你在存心找事儿？”他说话时连眼皮都没抬一下。

我一把抢过书，似乎我才八岁而不是十八岁，他才十岁而不是二十岁。

“你太烦人了。”他晃动着身子，四肢乱动，“妈妈——”他朝楼上喊了一声，“我去游泳了。”

厨师给我端来了燕麦粥，我一小口一小口慢慢吃着，只吃了半碗，我便把盘子端回厨房。“抱歉，”我对厨师说，“我不太舒服。”

走出房间，我的情绪稍微平复了一点，暖阳让我感觉舒服了好多。

“查尔斯，等等我。”

我看见查尔斯飞过窗前，他可能也想窥视我。他落在屋前的空地上等我，一直到我赶上他，然后飞到橡树上最低的一根树枝上，飞走又飞回来。天气太热，不适合嬉闹。小路边的白色岩石比往常更热了，伸手一摸就粘上一层白灰。我的心跳太快了。大地被炙烤着。我放慢了脚步，走到第一棵橡树前，我就看不到查尔斯了，他飞向一条岔道。很幸运，我选择了正确的道路。杉树后面有什么东西发出沙沙的响声，不是微风发出的响声，肯定是什么动物，或许是一只兔子。道路通向林间的一片空地。冬天的时候我们来过这里，树木被积雪覆盖，结了冰，树枝又黑又硬，动物们饥饿难耐。在一洼水塘边我看到了查尔斯，他犹豫着蹚进水中，先是把左脚伸进去，然后是右脚。他展开双翼给身体降温，沉入水中后，水面泛起一圈圈涟漪。我脱下鞋子，对他说：“好主意，你这个小可爱。”

父亲发现查尔斯时，他只有几周大，我们认为他无法存活，但第一晚过后，父母允许我把他留在我的房间。起初他栖息在一个鞋盒中，后来搬进金丝雀住过的鸟笼。他似乎懂得很多东西，就像一只小狗，无论我去哪里他都喜欢跟着我。他小的时候喜欢玩短棍和圆球，学会飞行后，我把窗户打开便于他进出，甚至严寒天气时也为他开着窗户。起初，他每晚都待在屋内，后来则待在室外。有时候他和一群乌鸦一起飞来飞去，我想他还没有找到自己的伴侣，或许明年他就能找到。池边的水暖暖的，越往深处越凉。查尔斯展开翅膀待在浅处，溅起的水花又落在水面，我们是这里唯一的访客。水的折射作用让我的腿看起来是弯的，小腿看起来更细了，手伸进去后看起来比平时更柔软。

“我必须不断练习，努力让自己变得更优秀，必须非常优秀我才可以去伦敦。”查尔斯歪着脑袋看着我，“尽管我会想你。”

晚会上奥丽芙一直在找对象，她想嫁人，尽管她一直否认。结婚，生子，不知不觉步入和父母同样的人生轨道，而男人无须如此，他们可以按自己的喜好做事。

我先把胳膊弄湿，然后又向水中走了走。小鸟在远处歌唱，似乎是黑鹂，查尔斯也在倾听。

“我不让你捕食小鸟，听见了吗？”他双足跳行到我身边，看了我一眼，“我能明白其中的原因，喜鹊很漂亮，我只是想……”话音未落，查尔斯就飞到远处，啄食昆虫。我坐下来擦掉脚底的泥巴，然后穿上鞋。

“……他能听懂我的话。”

星星三

1946年初春，一只无名大山雀携伴侣从西边邻居的花园迁到了我的花园。她占领了橡树上的巢箱，这棵树就在通往我家的那条小路旁。她的头顶有一小块白色的星状斑点，飞行时姿态十分优雅。我叫她星星（Star）。经常造访我家花园的人与这对新成员保持着一定的距离，我也只能在路过时远远地瞧上一眼。

1949年夏天，星星失去了伴侣，转而爱上了秃头。秃头一直住在我的花园里，他是一只强壮的大山雀，对我十分信任。起初，星星并没有引起秃头的注意，因为他已经有伴侣了，他的伴侣左眼周围有一道白色的眼圈，所以我叫她单眼圈。一开始，秃头以为星星只是个捣蛋鬼。然而，星星很执着，先是赶走了单眼圈，又追了秃头整整一个秋天。冬天过半时，星星终于赢得了秃头的青睐。

因凯（Inkey）占领了秃头之前位于屋旁的巢箱，成了秃头的死对头，于是秃头和星星同时向因凯发起挑战。但秃头铩羽而归，腿也瘸了，这些都是因凯造成的。山雀打架时会把爪子紧紧地缠在一起在地上翻滚，直到其中一只踩在另一只背上这场较量才算结束。他们第一次来我家花园时都年轻气盛，不久就产生了矛盾，每年春天他们俩都会进行一场决斗。去年在和因凯持续不断的打斗中，秃头痛失羽毛。现在秃头的羽毛又重新长出来了，但他对因凯的敌意丝毫未减。

去年和因凯打架时，秃头输了，因为当时单眼圈撒手不管，未助他一臂之力。今年，有星星在一旁助阵，结果肯定大不相同。星星对战烟雾（Smoke），她是因凯的同伴，尽管她俩体型相当，但星星顽强不屈，更胜一筹。然而，秃头因为腿脚不便，无法独自迎战因凯。尽管如此，每当因凯靠近他们的巢穴时，秃头便扑向他，发出强烈而响亮的警告。最终，星星和秃头以他们坚定的决心和顽强的毅力赢回了巢箱。

早春时，单眼圈回来过，但星星又把她赶走了，之后单眼圈就再也没有回来。之后，单眼圈和另一只年轻的鸟儿一起去筑巢了。皮图尔（Peetur）是单眼圈的新伴侣，他和秃头成了朋友，他俩经常在对方的领地觅食，而星星和单眼圈之间则保持着一定的距离，单眼圈看到星星时会把自己藏在我脖子后的头发里。事实上，单眼圈非常了解我并且信任我，当她还是秃头的伴侣时就经常来我屋里。有些山雀很快就会信任我，但还有一些从不信任我。这些鸟和其他山雀相处时也比较内向，但他们彼此努力去信任对方。星星住在路边巢箱里的时候还惧怕人类，但因为秃头很喜欢我，没过多久她便信任我了。

1911

“格温德伦，今晚你会演奏莫扎特组曲吗？”

我摇摇头。

“为什么？”母亲故意睁大眼睛，惊讶地看了我一眼，然后把目光转向身后的人，“她什么都不懂，请开导开导她，帮她一把。”

“为什么我一定要参加演出。”我转身离开，来到花园，拥抱这八月末的温暖。

“原谅我，孩子，不是你想的那样，我们对你寄予很大期望。”母亲跟着我，脚上穿着一双白鞋，鞋后跟陷进了泥土里，“格温，等一下。”母亲双手捧着我的脸，“这几天你到底是怎么了？”

“没什么。”我推开她沾满泥巴的双手。

“但是，亲爱的，我了解你。”

从她的呼吸中我闻到了雪莉酒的味道。有种奇怪的东西进入了我的身体，然后又想从我的身体里出来。我后退了一步。我心里很清楚，自己可能会被这些事逼疯。母亲伸出双手在空中停留了片刻，好像是在比划我的脸。

“我们很担心你。”

“我想去伦敦学音乐。”

“我明白你的心思，亲爱的。等你父亲下周回来了我们再谈论此事好吗？他现在在伦敦，去见出版商了，他们有事要谈。”母亲踉踉跄跄地试图往旁边挪步，一只鞋的鞋跟还陷在泥土里，“拉我一把。”

“霍华德夫人，让我扶你回屋吧。”迪米特里过来搀扶母亲，他偷偷地朝我使了个眼色。在那条由海贝壳铺成的小路上，他劝着我的母亲，脚步声低沉，脚底下发出嘎吱嘎吱的响声。

在这场聚会的众多面孔中，我一眼就看到了保罗，但却假装没看到他。

“格温，今晚你准备演奏吗？迪米特里会朗诵他的新作，我也会带来一首新诗。”保罗将一只手搭在我的肩上。

“我没有准备节目，这周我没有练习。”

他拿开手，但我感觉他的手还在我的肩头。

保罗说：“这是我的妹妹，帕特丽夏（Patricia）。”站在他身旁的年轻女孩跟他长得很像，眼睛和他的一样炯炯有神。帕特丽夏留着一头短发，这是当下流行的发型。

“经常听别人提到你，很高兴见到你。”她刚刚到，现在和哥哥保罗住在一起。

迪米特里走过来，拿起杯子一饮而尽。

我问他："紧张吗？"

他红着脸说："是的，有点。"

"别担心，他们喝醉了，会觉得一切都是美好的。你知道的，这里的每个人都无聊得要命。阿伯多维和陶因（Towyn）的沉闷生活已经让他们麻木了。"

他咯咯笑了，拿起诗集，手在发抖，"我应该再去看看他们。"

周围的人都在聊天，或者张望着寻找最佳聊天对象，话题都是关于街坊邻居、风流韵事。

"女士们，先生们：快八点半了，节目马上开始。"

所有人就座后，保罗开始了他的表演。他扫视了一眼全场——我没看到玛吉。他朝我不怀好意地笑了笑，然后又朝他妹妹笑了笑。迪米特里第二个上场。他的嗓音低沉沙哑，比想象中更甚。我已经开始犯困了，挪了一下腿，试图保持清醒，他看到我的样子后手里拿的稿子都在乱抖。突然门开了，玛吉悄悄走了进来。迪米特里的思绪被打乱了，说话结结巴巴的。玛吉走到母亲身边，在她耳边低声说了些什么，之后又示意我过去。

母亲在走廊里问奥丽芙："杜德利在哪里？"

奥丽芙气喘吁吁地扯着嗓子说道："他在医院，已经不省人事，医生也不知道他的腿怎么了，看起来不像是骨折，但没有知觉。"

玛吉说："杜德利出事了，他从悬崖上跳水，落在离我们的船不远的一块岩石上。”我靠墙站着，伸手去摸墙上冰凉的石块，“他摔落时背部朝下，脊椎受了伤，腿也骨折了。”

母亲的脸色变得苍白，说道："我们现在必须去医院，但得有人将这件事通知纽曼。"

玛吉说："你和奥丽芙去，我和格温留下来照看这里。"

我感觉头晕晕的，对玛吉说："我也想去看看杜德利。"

"但医生不让三个人同时探望。"

奥丽芙和母亲离开了。突然里面响起了欢呼声，我一把推开门，看到迪米特里的诗稿从手中滑落，他正弯腰捡起。玛吉走过去站在他身边。

"各位好，弗洛伦斯（Florence）让我代为感谢你们的出席。很不幸发生了意外，所以今晚就不留大家用点心了，大家请回吧，谢谢你们的到来。"

一个声音低沉的男人喊道："怎么了？"

"我们也不太清楚。"

"她生病了吗？"

"弗洛伦斯身体很好，谢谢你的关心，请移步到外面说话。"

我从房间里出来，站在走廊半封闭的墙后面直到所有人都离开。从走廊可以看到外面的花园好像被扩建过，这个时节花园里一片深绿。没有什么是一成不变的。我坐卧不宁，就像被常春藤缠住了一样。后门开了，迪米特里走了过来，将胳膊靠在墙上，墙面不太干净，他的胳膊上留下了印记。

"他们都走了吗？"房间里的灯还亮着，好像还有什么事要发生似的。

他吓了一跳。

“天哪，格温，你是从哪儿冒出来的？”他笑了一下，然后点了支烟。

“你知道金斯利在哪里吗？”

“他应该和女朋友在一起吧。”

尽管金斯利对音乐和诗歌不感兴趣，但他经常会在晚上出来看一些室外演出，母亲以前叫他“被掉包的孩子”，但现在不那样叫他了。

“你的朗诵还顺利吗？”

为了不让自己紧张，我的手一直在动。

“不太顺利，但至少我做到了。”他看着我，对我说，“你哥哥会好起来的，他身体那么结实。”

他把烟递给我，我抽了一大口，感觉嗓子不太舒服，强忍着没咳出声来。迪米特里又拿回了烟。一只画眉落在他身后的梧桐树上，唱起了歌儿。

“难道画眉不睡觉吗？这么晚了还在唱歌。”

“他们在互相交谈。”

“就像你拉小提琴一样。”

迪米特里把烟放在矮墙上朝我走过来。我站在原地，直直地站着，闭上眼睛，感觉到他的呼吸：润发油的味道夹杂着烟味，他的嘴唇，嘴唇上的胡楂。一开始他很温柔，没一会儿就变得贪婪起来，一分钟，两分钟……画眉还在唱歌，我感到头昏脑涨。

他的手掠过我的胳膊，我的背，我的身体敏感起来，双手变得麻木，好像只有通过身体才能感知周围的一切。我后退了一步，看到迪米特里睁开了双眼。我看着他的眼睛，一种说不出的眼神，但我明白他的意思，我转身离开他回到房间。回到房间后，我一件一件地脱掉衣服，感觉身体不太舒服，有种刺痛感。

我穿上睡袍，然后打开窗户喊道："查理，查理。"

声音不能太大，这会儿大家都睡了。在即将关上窗户的时候，我听到了查理翅膀扇动的声音。他就栖息在窗台上。

我喊道："来吧。"

他飞进来落在我的床边，我轻轻地抚摸着他，尽管我知道他不喜欢我这样做。我真的很累，但却一点都感觉不到紧张。查理往旁边挪了一步，梳理着自己的羽毛。

"抱歉，查理。杜德利住院了。这真是个不平常的夜晚。"

我跟他说过杜德利的事，也许他早已知道了，他从天上看到了这一切。查理一直在我房间里待着直到我睡着。他离开时扇动翅膀的声音差点惊醒了我，一道黑色的划痕越过我的梦。

* * * * * *

我从医院回来的时候，看到帕特丽夏坐在走廊的矮墙上。

"嗨！"她从矮墙上跳下来，问道，"你哥哥怎么样了？"

"医生正给他做手术，我的父母都在陪着他。"

"这对你来说真的是个沉重的打击。"

"还不算太糟。"

她疑惑地看了我一眼。

我对她说："我要进屋了。"

"好吧。我只是想知道你现在怎么样。"

我朝前门走去。

"今晚有空吗？"

我转身跟她说："抱歉，昨天晚上我几乎没睡，真的很累。"

"那明天呢？"

起风了，风吹开我的外套。她还站在那儿，好像我不答应她就不肯罢休似的。

"那好吧。"

"我来接你。"

她像个孩子一样朝公园跑去，一只鹧鸪在旁边的田野里振翅高飞。她和她哥哥的举止很像，走路迈着大步。

我在走廊喊道："有人吗？"

没有人回答。进了客厅，我走向那架钢琴，扳起盖子，弹奏了《筷子》和《致爱丽丝》，接着又弹了三遍莫扎特的《土耳其进行曲》。第一部分的节奏太慢了。我爱弹钢琴，但是大家都不喜欢听我弹奏，因为我老是犯错，他们盯着我的手指看时我更容易出错。

我刚弹完便响起了掌声，厨师站在门口看着我说道："亲爱的，你弹得真好！"

没有丝毫犹豫她便说出了这句话。我走到她跟前，伸开双臂搂住她。她给人一种安全、熟悉的味道——面包、肉肠，夹杂着汗味。她也搂着我，好像我还是个小女孩一样。

* * * * * *

清晨，风吹打着窗户。还未到秋天，甚至还算不上晚夏。院子上空羊毛般的团团云朵匆匆飘过，接下来的数月光景：漫长多雨的周末、海滩上的寒冷小道，受伤的鸽子虽栖于鸟笼，却也终将丧命于冬天这场浩劫，尽管他们偶尔也能幸存下来。

吃早餐的时候没看到母亲，我走过去挨着奥丽芙坐下。

“你为什么不告诉我们你哥哥住院了？”父亲的声音在走廊响起，金斯利也在低声抱怨着什么，“是，我知道他没死，但只要你住在我的房子里，你就是这个家庭的一分子。”

金斯利低着头走进客厅，他眼袋很重，头发蓬乱。父亲的脸被压抑的怒火憋得通红，右手紧紧攥着一支钢笔。两人愤怒的表情如出一辙。

父亲拉过来一把椅子，差点坐空摔倒，我和奥丽芙不约而同地相视而笑。我赶紧吃了几口面包，忍住没笑出声。面包上那一坨果酱好像一只耷拉着耳朵的小狗，我伸手将它抹匀，默默地吃着，打了一个嗝。

“你现在要去练习吗？”我站起身时父亲问道。

我点了点头，为了明天的演出我确实要学两首新曲子——海顿的曲子流畅自如，莫扎特的曲子节奏紧凑，艰涩难弹，而我也没怎么花时间练习。

上楼时我碰见母亲，她将我拥入怀中，把我的头按在她的肩膀上，用力地抱着我。

“妈妈。”我叫道，轻轻挣开她的怀抱。

我两步并作一步地跨上楼梯，音乐已经在我的脑海中徜徉。我坐在床边调音时想着迪米特里，他让我心神不宁。我不想嫁给他，也不想和他交往。可我想再见到他吗？我弹了一小段旋律活动了一下手指。也许吧，他想要我。海顿的曲子起步舒缓，我的手指随着节奏的变化翻飞，指法娴熟，音位准确，弹奏时不假思索，全凭感觉找准键位。一开始弹奏时错误频出，但现在准确无误，音符能使前人的思想可感可知，不断转化为自己的思想，然后又让它融入音乐。一小时后我停了下来，将小提琴放在毯子上，在乐谱中搜索莫扎特的曲子，我的左手已经迫不及待地在床上划动。我透过窗户看着橡树，它那历尽沧桑的枝条伸向窗户，时不时会有叶子掉落——那种叶缘发褐的叶子。树木承载了光阴的流转，四季可鉴；约定、承诺和思想构成了一天的生活；房舍，白杨、鸟巢组成了一条街道的景观。

我的目光投向走廊的矮墙，上面坐着一个身形瘦弱的女孩，正咬着自己的指甲。我把她忘得一干二净。

我打开窗户喊道：“嗨！你在那儿坐了很长时间吧？”我的声音在房间里回荡。

帕特丽夏站起来向我挥手，问道：“你来啦？”

这时窗户被风吹得合了起来，我后退了几步。

“你是来这儿度假吗？”我问她。

“可以这么说，父母烦透了我，保罗也躲在自己的房间里。

夏天一过，他们就打算让我结婚，甚至已经替我定好了结婚的人选。”她和保罗并不相像，可这时的表情却一模一样——她眯起双眼，微微皱了一下眉头。

“是谁？我们接下来干吗？”

“我们去海滩吧，怎么样？”

“那儿风比较大。”

“太好了！来支烟？”

“我不抽烟。”

“你的青春只有一次。”她从烟盒里抽出一支烟。

“这像不像是在伦敦？”

我们沿着通往卵石滩的石子路漫步，身后的白墙上笼罩着一层薄雾，大海的气息越发浓厚。

“这儿的生活太无趣。我的意思是说：有很多的事要做，但没有足够的空间呼吸。每个人都彼此心知肚明，如果你做了不该做的事，大家立刻就会知晓。当然，前提是你是个女人。”帕特丽夏蹬掉了左脚的鞋，“哎哟。”

“如果我是你，我会拿着鞋子，前面不远处就是沙地。”

她把鞋子递给我，皮革很柔软，像温热的皮肤。她一只手斜搭在我的肩上，另一只手擦拭着脚上的贝壳残片。

“所以他们想让我结婚。”她踌躇道，“在别人看来我拥有了一段婚姻，但他想要的只是一个美丽迷人的妻子，这样才能配得上他那栋宏伟壮观的房子。”

“我永远不会结婚。”我说的是真的。

帕特丽夏笑了，“那你打算怎么办？”

“我会一直学习音乐，想参加合唱团，你呢？”

“我想成为一名作家。”她看起来那么兴高采烈，却又包含着一丝真诚。

“我过去写过很多有关花园中鸟儿的故事，但谁会读鸟儿的故事呢？”

“我想读那些故事。”帕特丽夏拉着我的胳膊。我起了一身鸡皮疙瘩。

我们走过狭窄的礁石，经过停靠的船只向沙滩走去。浅蓝色的水面变为湛蓝色，水天一色。我告诉帕特丽夏我有时害怕说话，因为那会让我陷入窘境，而用小提琴来表达意愿就简单多了。帕特丽夏说其实我恐惧的并不是语言，语言只是承载其他事物的外壳而已。这时太阳穿透云层从海天相连的地平线上冉冉升起，就像一张吐着光芒的大嘴，朝着大海微笑。

* * * * * *

一天，我上完小提琴课回到家，杜德利也在，他坐在窗边的椅子上，眼睛盯着花园。

“嗨，杜德，能在家中再次见到你真是太好了。”我的语气中满是疏离的礼貌。

“我也很高兴你能再次回家。”他一直凝视着窗外，好似外面有什么引人入胜的东西，但外面只有灌木丛在随风摇摆。

“你的腿现在怎么样了？”

"不知道。"

厨师摇响了铃铛，茶点已准备就绪。我上楼把小提琴放好，迈克（Mike）正在花园里唱歌，发出哼哼哈哈的声音。

杜德利坐在我对面，他看也不看我，也不和任何人说话。母亲一直在絮絮叨叨，说她怀疑邻居有了外遇，说邻居和她姐姐一直在争吵并和一个暴脾气的朋友在晚上打牌。父亲和往常一样坐了一会儿，小声念叨着他从昨晚就开始创作的诗，然后离开了。

这时，厨师端来了三明治。母亲用手拍了拍自己的额头，"又来了，我现在必须去睡觉。"厨师把泰萨从厨房叫出来，扶着母亲上了楼。

杜德利从盘子里拿了一个三明治，他咀嚼着，嘴微微张开，像一只音箱。他一口一口慢吞吞地吃着。厨师在为我们倒茶。我能感觉到奥丽芙正看着我，但我没有往旁边看——这时已经笑声四起了，杜德利却好像毫无察觉，又拿起了一块纸杯蛋糕。碎屑掉在他的胡须上，他每咬一口，胡子上的碎屑就跟着往盘子里掉落。

"你把这儿弄得一团糟。"奥丽芙说完后紧闭双唇。

杜德利又拿了一块小蛋糕，这次故意用胡子蹭掉蛋糕屑让它们落在盘子里。

"啊。"我说。

"哎，"杜德利说，"你知道什么最让人厌恶吗？你虚假的同情心。任何事对你来说都是无关紧要的，你只想着你的小提琴。"接着他又转向奥丽芙，"你只是想要合群而已。模仿母亲，这才是你热衷的事。”

我咬了一口三明治，心里默想着莫扎特。如今我已经可以在脑海中进行“弹奏”了，手指也可以熟练地找准音位。杜德利舔了舔手指，在桌布上来回擦了几下，蛋糕屑沾到了手指上，他又舔了舔手指，一次又一次。奥丽芙把她的椅子往后推了推，单脚在木地板上跳了一下。她的盘子里有一块吃了一半的三明治，像一弯残月。我起身之前瞄了一眼杜德利，他的眼神很平静，好像什么话也没说过，又吃了一块蛋糕。

* * * * * *

“我来跟你道别。”帕特丽夏从橡树影里走出来，“你不必跟我一起去。”

“但我很乐意跟你一起去。”我说。

她拿起大手提箱，我拿着小的，我们穿过光明走向黑暗——铁轨旁那一条蜿蜒曲折的小道几乎被树木覆盖了。帕特丽夏说着回到伦敦后的创作计划，我告诉她我正在学习一首新曲子——肖邦的华尔兹。路上的小石子被我们用脚踢开，它们或许很少被移动。一列火车疾驰而过，然后又归于寂静，只听见远处鸭子嘎嘎的叫声，风吹过草丛时沙沙作响。

“你自己的事必须自己做主，否则时间就会白白溜走，你只会成为他们期待的那样，会变成像你母亲那样的人。”

我摇了摇头。

“加油。”帕特丽夏轻轻拍了几下我的肩膀，“你应该给斯托克代尔打个电话。”

火车渐渐驶进站台，刹车，停在了站台顶端。我们跑了进去，帕特丽夏从售票处买了一张票，我拥抱着她。

“这么快就要走了，真遗憾。”

“我会回来的，或者我们伦敦见。”

“你知道的，我……”

“什么？”

乘务员吹响哨子示意帕特丽夏赶快上车，她的声音被哨声盖住。

“你想说什么？”

“没事，一切都会好起来的。”

她穿过车厢，靠窗坐下，把手贴在玻璃上。我也把手放在玻璃上面，直到火车开动。

58

我一直向她挥手告别，直到火车完全淡出视线。阳光更强烈了，我又回到光明之中。我没有戴帽子，头顶炙热难当。我在邮局给斯托克代尔打了个电话。

“喂，你好？”

“我是格温。霍华德·格温。”

“嗨！不好意思，格温，我一点都没听出是你。很高兴你能给我打电话，一切都还好吗？”

“谢谢你，一切都好。我有一些事想问问你。我想去音乐学院上学，但父母一直反对，我父亲很欣赏你，我想他会听你的，所以，我希望……”

“没问题，我会替你说话，但有一个条件。”

“什么？”

“你必须来我的乐队。”

笑容浮上我的脸颊，我顿时感觉整个邮局里一片光明。

“哦，好的。”

“很好，那我就开始行动了。”

我谢过他，红着脸离开了邮局。我没有回家，在回家的路上改变了方向，沿着铁路旁那条布满贝壳的路一直走，经过白色的旅馆，来到港口，然后继续向大海的方向走去。路上，我从树上偷摘了一个苹果，一直走到沙滩上，然后坐在悬崖边的一条裂缝处。大海、遥远的地平线以及苹果的味道——我真的很想唱歌，但我却只是坐在这里，感受着水声一波又一波的洗礼。

星星四

三月份星星开始着手搭建巢穴，她叼了许多树皮、苔藓、纤维等材料，每天循环往复，就这样持续了好多天。她尽心尽力、充满热情，做任何事都如此。从她的行为中就可以看出她做事有始有终，每一个动作都很专注，就像一位正在演奏的音乐家。

星星搭好巢穴后，秃头便将其当作自己的地盘，他每晚都歇栖在那儿，但星星把他赶走了。照顾雏鸟不是件容易的事，多一位成员就意味着要多花一份精力。但秃头很执着，每晚在巢箱周围徘徊，唱着歌呼唤着，一直到星星屈服。星星睡在巢箱里，身体挡着入口，头靠在一边，就像在欣赏秃头的歌声。第一天晚上，秃头至少尝试了三十次，但每天尝试的次数都在减少，似乎知道星星最终会接受他。小鸟出生几天后，星星便允许秃头进入巢箱。之后，秃头又主动找了另一处栖身之地。

雏鸟孵出五天后，星星飞来向我讨要食物。在此之前，她只给雏鸟们吃天然食物，从我这儿取走的只是她自己的那一份。那天，她比平时更忙。我在厨房做饭，她在巢箱和厨房之间来来回回飞了好几次。秃头比她晚到一小时，他径直朝我飞来，依偎在我的腿上，他的小腿太羸弱了，站不起来。星星一看到秃头便朝我们飞来，她试图劝秃头跟她一起回去，一边热情地拍打着翅膀，一边朝秃头鸣叫。秃头回应了几声，但还是一动不动地躺着。那天下午，星星又来过几次，最后一次，她只是远远地看了秃头一眼。

从那以后，抚育雏鸟的重担就落在了星星肩上，有时秃头会从鸟食台叼块面包飞回巢箱，但随后又会睡上几个小时。他最喜欢躺在我的腿上，我想他是为了来讨花生吃。秃头会把他的小脑袋贴在我的肚子上，一动不动，有时甚至连坚果都不吃。

1914

“跟我来吧。”奥丽芙坐在我的床上，看着我收拾行李，“如果有一天爸爸也要参军，那我就得帮妈妈收拾房子，帮她照顾杜德利。”

“妈妈一个人可以照顾好杜德利，不是吗？”

奥丽芙皱起眉头。自杜德利出事以来，母亲又开始在下午喝酒，反倒是父亲戒酒了。为了创作战争题材的诗歌，父亲整天把自己关在房间里。去年他发表了一部诗集，那是他创作的一个里程碑，但他自己仍不满意，“都是垃圾，都得重写。”自此以后，他每天都在写东西，甚至都想不起去看那些鸟儿。

“你知道的，你不必牺牲自己。”

奥丽芙望着窗外。

“不管怎样，我不知道自己还能做些什么，我什么都做不了。”我坐在她旁边，“没有男的会喜欢我，我长得这么丑。心思单纯，年纪也不小了，却什么也做不了。”

"你会弹钢琴，会做针线活。你那么聪明。"奥丽芙跑起来像一阵风，把金斯利都能远远地甩在后面。

"说这些还有什么意义，我都二十六岁了。"她笑着，眼里却满是忧伤。

"你要我留下来吗？"

"不，当然不。"她拉起我的手，紧紧握了一会儿，又松开了，就好像是一件用过的工具一样。

查尔斯落在窗台上，他用喙轻轻敲击窗户，我给他打开了。

"你要让那只脏兮兮的乌鸦进来吗？"

查尔斯飞到床上，奥丽芙靠近时他又飞到桌子上。他在那里很快乐，知道奥丽芙不会待太久。

"我年纪也不小了。"

"你还年轻，在伦敦就不一样了。"奥丽芙站了起来，"我去看看妈妈，一整天都没有她的消息了。"

查尔斯来到我身边。去年他找了个伴侣，一只非常聪明的乌鸦。她体型比其他乌鸦小，但比他们更聪明、更敏捷。我摸摸查尔斯的小脑袋，然后继续收拾行李。我把衣服装进手提箱里，另一半用来放乐谱，无论如何，我一定要带上这些优秀的作品和我最喜欢的作品。我把它们放进去，拿出来，再放进去。查尔斯跳到书架上。我真的很想把这些年来收集的所有有关鸟类的书籍都带走，但没办法，我必须要带上乐谱。我可以在圣诞节再把它们拿走，或者到了伦敦，我也可以去图书馆借阅。我的笔记本放在最上面的书架上，我大致翻了翻，里面记录了查尔斯的故事、喜鹊本尼（Bennie）的故事——他在父亲的书房里住了整整一年，以及去年夏天来过花园的鸟儿的名单。初秋时节，邻居到我家来喝茶，好奇地问我到底在花园里做什么。母亲说："她记下了所有来过花园的鸟儿。"她们都笑了起来。我把笔记本放在手提箱旁边，心想最好把它们扔掉。

金斯利敲了敲开着的门。

"你收拾好了没？明早我们六点一刻出发，爸爸和奥丽芙也要去车站。"他没有刮胡子，此刻看起来长得更像父亲，"很激动，是吗？"

去年我就想离开家，但父母觉得我年龄太小，现在我二十一岁了，他们不再阻拦我了。他嘲笑我的热情，脸上惯有的那种不满神情消失了片刻。

"不过，我会想念那些家伙的。"他有一大群朋友，都是村里的年轻人，他们一起运动，一起喝酒，"也许这对一个男孩来说意义非同寻常。"他朝我挤了下眼睛，"我向他们保证会照看你的。"

我微微一笑，转身走向手提箱。他可能在伦敦不会待太久，因为大批士兵被派往欧洲前线，如比利时和法国。

太阳突然出来了，窗户外面的桦树影子投射到床上和手提箱上。厨师敲响了茶点铃。雨燕的鸣叫声有点刺耳。我跑下楼梯。桌上摆得满满的：一盘盘果酱、黄油和奶油；盘子里装满了蛋糕、烤饼、松饼、三明治和煎饼；还有茶和咖啡。

"好丰盛啊！"我坐在父亲旁边。

"我的两个小家伙学会飞了，值得庆祝。"

我吃了些松饼。"奥丽芙，请把草莓酱递给我，还有黄油。"

奥丽芙板着脸把它们推到我面前。

"出什么事儿了？"

"为什么要出事儿？别傻了。"

"你可以经常回家看看。"

杜德利狼吞虎咽地吃着煎饼，就好像他是为煎饼而生。他在上面涂了厚厚一层黄油和果酱，或是放上奶酪和火腿，卷起来切成块，大口大口地吃着。吃到第五块的时候，我看见母亲盯着他；吃到第六块的时候，母亲喊了他的名字；吃到第七块的时候，母亲示意厨师把煎饼拿走。

金斯利喊道："等一下，我还想吃一块。"

母亲说："好吧，只能再吃一块。"她从盘子里取出一块煎饼，伸长胳膊放到金斯利的盘子里。

"我太饿了，妈妈，我想要两块。"母亲又拿起一块递给他，什么都没说。

厨师问道："还有人要吃煎饼吗？"

杜德利喊道："我还要一块。"

母亲问他："你真的还要吃吗？"

父亲握住母亲的手，把叉子扣在桌上说："不要打扰孩子们的兴致。"

"他已经吃了六块了。"

不，是七块。

父亲看着自己的盘子，然后转向厨师说道："味道不错，你又一次超越了自己。真是一场盛宴啊，太棒了！"

杜德利打了个饱嗝，他迅速拿起餐巾捂着嘴说："抱歉。"

奥丽芙不满地说道："呀，真恶心。"

厨师咳了声。她还站在那儿，手里拿着盘子。

"好了。"母亲说道。

杜德利还是跟之前的吃法一样，一点都没变，在煎饼上涂了更厚的黄油和果酱。吃烤饼的时候，我感觉奥丽芙在看我，但我没有看向她。

第二天早上出发之前，我去敲母亲的房门，她没有开门。

"也许她很难受吧。"奥丽芙说。

我拧了下门把手，门是锁着的。

父亲在楼下喊道："格温，我们得走了。"

我又敲了一遍门。

奥丽芙喊道："快点儿。"

我跟着她下了楼。手提箱很重，但我想自己提着。

* * * * * *

醒来时，我第一眼看到的就是我的小提琴，放在一个开着的箱子里，箱子被放置在床脚的两把椅子上。房间不大，光线昏暗，不过还好。时钟滴滴答答地响着。我数到七，起身下床，打开窗户，抱着小提琴坐到窗台上，轻轻拨动琴弦。电车声、说话声、风声、发动机的轰鸣声，声声入耳。街道对面，人们在窗户前挂了晾衣绳，上面夹着内衣。彩排要到两点钟才开始，我有足够的时间来感受周围的一切。有人敲门，我急忙穿上睡衣。

“早上好，是霍华德小姐吗？我是西尔维娅（Sylvia），塞维尔（Sewell）夫人让我叫醒你，七点半吃早餐。”西尔维娅比我矮一头，头发是亚麻色的，戴着一顶白色帽子，最多也就十六七岁。

我穿好衣服，扎好辫子。隔壁房间的门开了又关上了。现在还没到七点半，但我已经饿了。塞维尔夫人站在黑漆漆的木楼梯下，她正和一位红色卷发的高个子年轻女士说话。

她厉声说道：“不，就定在星期五，这是你最后的机会。”

那位年轻女士突然转过身来看了我一眼，冲我挤了下眼睛，然后离开了。她涂了口红。

塞维尔夫人微笑着对我说：“早上好，霍华德小姐。你睡得还好吗？餐厅在那边。”

我踩着厚厚的深褐色地毯来到后面的房间，刚刚见过的那个女孩一个人坐在桌旁。

“你介意我坐你旁边吗？”

她笑着说：“请坐，我是希娅（Thea）。”她左手握住我的右手，右手紧紧握着茶杯。

“我叫格温德伦，他们常叫我格温或莱恩。”

“哈喽，莱恩。欢迎来到鬼屋。我们都这么叫它。这里只有一个幽灵，就是塞维尔夫人，一直如此。”她咧嘴一笑，“你也是音乐家吗？”

“我会拉小提琴，你呢？”

“太好了，那我们可以一起演奏，我会拉大提琴。”此刻，希娅脸上洋溢着笑容，和她相比我不免逊色几分。

“你也在乐队演奏吗？”

“这周我有三场试演。希望有个好结果，否则会有麻烦，金钱方面也是如此。”她往杯子里又倒了些牛奶，一口气喝下那杯温茶，“该来的总会来的，至少到目前为止。”

“我参加了女王大厅管弦乐队。”

“噢，你一定很棒。那就更好了！我是说如果你有喜欢的男孩那就更好了。”

我摇摇头，随便吃了点烤面包片，在上面抹上黄油和果酱。

“你呢？”

“目前为止有两个。安德鲁（Andrew），他是一名军人；还有约翰尼（Johnny），他是我参加一个乐团时认识的。他们不希望我们把爱情和工作混为一谈，所以把我赶出了乐团。”

“我哥哥是名军人。”

“他长得好看吗？”希娅睁大眼睛看着我。

“不知道。吃完早餐，我想在附近转转，你想不想一起走走？”

她做了个鬼脸，“你为什么不喜欢这个地方？跟我一块儿去城里吧。你知道伦敦吗？”

“只是听说过。”

“那太好了。你运气真好，我可以给你做向导，我曾是一名优秀的向导。”

* * * * * *

“要下雨了，带上外套。”希娅在楼下等我。我跑下楼时，差点撞上女房东。

“霍华德小姐？”

“抱歉，我赶时间。”

“这里禁止在楼梯上乱跑。”

我再次表示歉意。

希娅嘲笑我垂头丧气的样子。“塞维尔夫人并没有那么坏。有时她会大动肝火，但她好几次帮我摆脱困境，这次也是。我已经连续两周没给她付房租了，要是换作别人早把我赶出去了。”

“你想借些钱吗？”

“永远不要问陌生人是否要借钱。这里没人有钱，尤其是音乐家。存点钱以备不时之需。”她用手梳理着自己的卷发，“我们走那条路，然后穿过公园。你以前去过伦敦吗？”

“很久以前了。”脚下的土地在颤动，一辆满载货物的马车从我们旁边驶过，我闻到了马身上的气味，希娅似乎还没注意到，“你在这里住了很久吗？”

“我出生在这里，十三岁时父母去了苏格兰，我搬去和叔叔婶婶住在一起，我不想和父母一起去苏格兰。”

一辆敞篷汽车朝我们驶过来，坐在里面的士兵喊着希娅的名字。她看到我站那儿一动不动。

“这些是新投放的公共汽车，是专为士兵准备的。也许你哥哥就在里面，他们一定会喜欢你的。”

“他们在叫我们。你还是有点儿不习惯，是吗？”

我转头看了一眼，希娅笑了。

泥泞的道路上满是公共汽车留下的车辙，空气中充斥着公共汽车驶过留下的汽油味。十字路口有个警察，他严厉地示意我们停下来。

希娅跟他说：“抱歉，这是她第一次来伦敦。”

那位警察脸上立刻露出了笑容，仿佛一下子年轻了十岁。

“欢迎来到伦敦，小姐。”他示意我们过马路。

希娅告诉我，她无法在安德鲁和约翰尼之间做出选择，因为他们都很英俊。安德鲁富有男子汉气概，约翰尼在演奏方面表现不俗，她认为自己更喜欢约翰尼。我环顾四周，周围都是高楼，街道又脏又黑，满是灰尘、烟雾和马粪。

“难道他们从来不打扫这里的街道吗？”

“清洁工每天早晨都会来！”

我们面前有一条小路穿过公园。有个人闭着眼睛坐在长凳上，穿着破烂不堪的裤子，没穿外套，也没穿鞋子。希娅拉着我迅速走开了，走远之后才对我说：“那是流浪汉。”在公园出口处我们又碰到两个流浪汉。希娅装作没看见他们。我们迅速走开，从路口右转，我看到一些低矮的房屋，房子之间拴着晾衣绳，绳子上挂着一些棉质衣服：白衬衫、连衣裙、秋裤。我们走近时，发现这些衣服上全是补丁，灰白色的衣服上满是白色的补丁。

走在商业街上，希娅给我讲了她曾经参加演出过的乐队，并再次问我是否可以一起参加演出。她说工作不好找，但我很幸运。

“我希望你一切顺利，斯托克代尔脾气不太好。”

我们看着商店的橱窗，它们并未受到战争的影响：肥皂、丝质连衣裙、珠宝，琳琅满目。

“你愿意和我喝一杯吗？”希娅指向一扇上面有木质装饰品、涂有金箔漆、安装了绿色玻璃的门。

“抱歉，我马上就要排练了。”

她问我是否能找到回家的路，并拥抱我，就好像我们已成了很要好的朋友似的。她进了酒吧，我一个人留在这个不欢迎我的城市里。两只乌鸦在一棵白杨树上嘎嘎地叫着。我突然感到胃疼。查尔斯不会知道我去了哪里，也不会知道我为什么要立刻去那里。

* * * * * *

排练室在以前的教学楼里，房间很大，窗户很高。今天只有弦乐队在排练。虽然我不记得他们的名字，但还是面带微笑地跟大家握手问好。一位骨瘦如柴、一头灰褐色头发的女人做了自我介绍，她叫琼（Joan）。她开始调音，很快所有人都开始轻声弹奏。调子不一致，听上去杂乱无章，一片混乱。我的乐谱架被卡住了，打不开，我使劲儿拽，脸憋得通红，一个身穿色彩鲜艳衬衫的高个子男人好奇地看着我。谢天谢地，终于打开了。摆好乐谱，我的小提琴只是有点走调，然后我也开始练习。音调越来越高，最后与整个房间里的调子融为一体。

“都准备好了吗？”斯托克代尔把目光投向整个乐团。我旁边的木椅上坐着一位年轻女士，她一头淡金色的卷发，一双海灰色的眼睛，穿了一条连衣裙——看起来不太适合排练。她低声说道：“我是比莉（Billie），欢迎！”

“我想你们都见过格温德伦了，她将要成为我们的小提琴手。”

我朝斯托克代尔点头示意，又朝我周围的人点点头。我凝视着地面，紧张地咽了一下口水，但嘴里很干。我身后有人开始咳嗽，声音很大，咳了好一会儿。

“没错，他就是海顿——交响乐之父，一位罗马天主教徒。”斯托克代尔继续谈论着我们要演奏的那首曲子。

我咬着嘴唇悄悄地默练指法。晚点上场时，我不需要做什么特别的事情，只要和其他人一起演奏，让这场演出顺利进行就可以了。第一段落小提琴演奏开始了，四小节，八小节，然后我们加入，找到自己的位置。我有种被托举起来的感觉，似乎我们一起在托举什么东西，越举越高。

“快停下，普丽西拉（Priscilla），你拉得太快了；格温，我听不到你的演奏，请大点声儿；琼，节奏再快点儿。”

我在裙子上擦了下手掌。我一次又一次地在裙子上擦手，心跳逐渐平缓。此刻，我能清楚地听到其他人的演奏。尽管我知道什么时候轮到我加入，但为了保险起见，我一直在心里默默数着。我感到指尖很痛，脸颊和耳朵都红了。声音响彻整个房间。装小提琴的盒子啪的一声合上了，我对那位卷发女士微微一笑，拿着小提琴，离开了房间。新鞋子不太合脚，我感觉脚有点疼。从现在起，一切都会越来越好。

* * * * * *

“你要不要和我们喝一杯？”比莉一边问一边拿起她的小提琴。

经过堆满柳条筐的洗衣房门前，我跟着她来到旅馆酒吧。街道对面有一个女孩正在散步，她看起来有点像奥丽芙——和她一样高，一样的一头金发。要是奥丽芙在这儿就好了，昨天我给她寄了一封信，信很长，希望能尽快收到她的回信。酒吧里光线昏暗，我的同事们坐在角落里，灯透过彩色玻璃照射到圆木桌上。我坐到普丽西拉旁边。长椅上的垫子是天鹅绒的，非常柔软。斯托克代尔问我们想喝点什么。我是唯一一个要茶喝的人。

坐在我另一边的比莉问道：“你不喝酒吗？”

“明天早上我想早点起床练习。我还得回家，不能迷了路，也不想引来不必要的麻烦。”

“没错。你知道的，一开始我也这样，你很快就会适应了。”

服务生把托盘放在桌上，斯托克代尔拿起他的威士忌。

“干杯！愿男人健康，愿女人永葆青春！”

“至少这里的库存还很充足，”普丽西拉喝了一大口雪莉酒，“现在其他地方几乎没有什么像样的东西了，这一切都是战争造成的。”她的伦敦口音使得单词发音听上去更饱满、更有力，像是个胖嘟嘟的、蹒跚学步的孩子。

比莉靠向她说：“你知道玛丽安（Marion）发生什么事了吗？那个年轻人真把她肚子搞大了吗？”

我疑惑地看了比莉一眼，因为她告诉我玛丽安是我的前辈，一位优秀的小提琴手，但是个水性杨花的女人。

斯托克代尔抓起一把椅子，推到我和普丽西拉之间。

“第一周过得怎么样？”

我能闻到他身上的汗味，感受到他的呼吸。

“挺好的，就是有点累。”我拖着脚慢慢移向墙边，但已经没有后退的空间了。

“别怕，就当我是你的父亲，我答应过纽曼要照看你，这就是我要做的，答应了的事就一定要做到。”父亲和斯托克代尔以前一起上过寄宿学校，后来就成了朋友。父亲老是挑他的毛病，但说他很优秀。

茶太烫了，我没有喝。我应该要杯冰水，但不知道谁会买单。

“抱歉，我忘带钱包了。”

“我总是第一个结账的，但只在周五，而且只在我们晚上不演出的时候。很高兴你来了，格温，你是乐团的一笔宝贵财富，如果有什么需要帮忙的可以随时来找我。”

斯托克代尔轻轻拍了我一下，就好像我是一只乖巧的宠物似的。他又走向索尼娅（Sonia）——一位在伦敦已经待了六个月的俄罗斯籍单簧管演奏家，她涂着深红色口红，身穿一件黑色紧身连衣裙。斯托克代尔看到我在看她，在转身走向她之前朝我眨了下眼睛。

* * * * * *

休息的第一天，我去了海德公园。公园离我的住处很远，步行要一个半小时，但我很想见那些鸟儿。我住的那条街上只有两棵梧桐树，虽然附近的小公园确实能吸引来一些鸟儿——鸽子、乌鸦、黑鹂、麻雀，还有椋鸟，但大多数鸟儿都栖息在其他地方，我用发的第一笔钱买了鸟食，在窗台上放了一些，几天后又不得不扔掉。我把剩下的鸟食放在手提包里，看到附近有鸽子时就在地上撒些鸟食。白天越来越短，晚上有霜冻，鸟儿们大概又冷又饿。海德公园里树木不多，但有许多橡树和山毛榉。公园里有个湖，湖里有睡莲，还有鸭子、白骨顶和天鹅，一群灰雁落在草坪上。我身心放松地坐在长椅上，从包里拿出一个三明治，这时一个人走过来坐在我旁边，他的外套散发出一股刺鼻难闻的味道。

我问他："你想吃三明治吗？"

他没有说话，接过三明治咬了几口，把剩下的装在长椅上的牛皮纸袋中，然后扬长而去。三只鸽子飞到我面前，两只灰色的，一只白色的。我拿起面包，撕成碎屑分给他们，白色的那只鸽子要比另外两只灰色的个头小，所以给他分的最多。

"都走吧！"

我伸手向他们展示空空的手掌，然后在裙子上擦了擦手。鸽子在周围搜寻了一会儿，飞到旁边的长椅上。那儿有人在吃东西。

* * * * * *

母亲每周都会给我写信，十二月收到来信说她圣诞节要来看我。去车站接她的那天下着大雨，我没带伞，只在头上裹了条头巾。有些人站在商店门口躲雨，有些人在灯火通明的商店里等雨停下来。这是圣诞节前的最后一个周末，大家都在买东西：手提包、帽子、玩具火车……如果没有看到满载士兵的汽车驶过，如果某家商店里还有巧克力和酒，那就说明战争还没有发生。车站大厅里有时刻表，母亲乘坐的这趟车预计在十分钟后进站。我擦了擦长椅上亮晶晶的水珠坐下等着。我浑身发冷，接连打了两个喷嚏，大衣已经湿透了，空气中弥漫着潮湿的味道。我想到明天要首演的那首曲子，这是一首节奏变化多端的曲子，需要用心去体会。昨天我想提前结束排练准备去见母亲，但不知道是否应该这么做。但斯托克代尔十分肯定地说我应该去准备一下。他还说，他对我母亲怀有深厚的感情。布莱顿、曼彻斯特、爱丁堡——从这里去其他地方旅行是很方便的。音乐也是一场旅行。我沉浸在车站各种嘈杂的声音中。

一个身穿黑色大衣的男人走过来坐在我旁边。

“天气可真糟，不是吗？”他说道，我点点头，“就你一个人吗？”

“我在等我妈妈。”

“哦，是吗，等你妈妈？”他向我靠过来，我走开了几步。他掏出一块手帕。

“格温！”母亲从站台朝我走来，亲了我一下，她身后站着一位提着大箱子的年轻人。

“这是吉姆（Jim），他好心帮我拿手提箱，我应该告诉他我们要去哪里。”

在回塞维尔夫人家的路上，母亲一路上和我说着父亲、奥丽芙、杜德利，还有金斯利的事——她说金斯利最近给她写了一封信，还是和往常一样，笔迹潦草；讲了她小时候在伦敦居住的地方；讲了威尔士小镇上的邻居以及他们现在打算搬到伦敦来的计划——可能又会回到萨里（Surrey）。这些她以前就说过，我只需点头，偶尔说声“嗯”。吉姆和我们一起穿行在这座刚下过雨的城市，他是一个沉默寡言、性情温顺的人，一直跟在母亲后面，始终保持着两步的距离。

我们快到家的时候，母亲问他：“我该怎么谢你呢？”

“亲一下。”

母亲犹豫不决。也许是装作犹豫不决的样子。

“开个玩笑。但请明天或后天务必来看我。”吉姆把他的地址写在一张被雨水淋湿的纸上，“能看清吗？”然后他把纸塞到母亲手里。

母亲点点头，亲了一下他的脸颊，但一进屋就把纸条扔进楼梯旁的纸篓里。她冲我笑了笑，“来吧，带我看看你的房间。”

* * * * * *

我们在水准饭店（Criterion）吃圣诞午餐，巨大的圣诞树上装饰着蜡烛和金丝带，所有窗户上都挂着系有红丝带的松枝。一位打着金色领结的服务员拿走了我们的大衣，另一位服务员把我们带到了餐桌前。

我们一坐下母亲就说："亲爱的，你昨天真了不起。"她昨天也这么说过，演出结束后，我们一起回的家，"很高兴我们终于有时间聊天了，但我知道你还要练习，这样的表演真的很了不起。"

"夫人，您要喝点东西吗？"

母亲的衣服领子开得很低，她转身面带微笑向服务员说道："来杯香槟。你呢，亲爱的？"

"大吉岭茶，谢谢。"天花板上镶嵌的图案闪闪发光。

"来杯大吉岭茶，她今晚要演出，她是女王大厅管弦乐队的小提琴手。"

服务员点点头，便离开了。

"你知道的，你爸爸的情况很糟。他的新书出版进展不顺，他对自己的作品要求很高，他花了好几个星期写了一首诗，但后来又撕掉了。"

"也许你也该找点事做，妈妈。弹钢琴或画画，玛格丽特的东西还在阁楼里。"母亲常跟我们说她曾是一名优秀的艺术家，但我们从未在她身上看到这一点。

“你是知道的，我有太多事要做，组织晚会、应酬聚会上的人。厨师可能会在二月份离开，去照顾她的妹妹，要找人代替她并非易事。你知道，从陶因来的德洛丽丝（Dolores）说新来的女仆不太可信，所以我必须要密切留意她。还有杜德利，他什么都不做，总爱找麻烦。还有你那找不到对象的姐姐。”

“要是没有你，她会找到的，她长得那么漂亮。”我把手放在额头上，轻轻抚平眉头，“好吧，她可以再努力一点。”母亲拿起服务员放在面前的杯子喝了一大口，“不管怎么说，幸好她还在家里，至少她没有抛弃她那可怜的老母亲。”

我端起茶杯，轻轻吹了一下。

“你有没有心上人呢？”

“妈妈，求你别说这些。”我面前的桌子上有一张叠成扇状的红色餐巾纸，上面有金色的小星星。

母亲噘起嘴说道：“但如果我不问，你又不喜欢怎么办。现在你都长成大姑娘了！”

“我真的是太忙了。”

“不过不能拖太久。”

“菜单，夫人。”服务员在我们面前放了两份菜单。母亲问他，龙虾是否真的像他们说的那样好吃？

隔壁桌传来咳嗽声。

“恕我冒昧，夫人，这儿的龙虾是最好的。”

看他的身体状况应该不能这样大声说话，他说了几句话就已经上气不接下气了，整个人靠向桌边。

“那么，我知道该点什么了。”母亲得意地看了我一眼。

“我想再看看菜单。”我朝服务员笑着说。他点点头，然后离开了。

坐在我们旁边桌子的那个人又咳了起来。他穿着一件闪闪发光的礼服，打着一条带绿色斑点的红领结。

他低声对母亲说：“昨天我妻子离开了我，她说再也受不了我了。”

母亲一脸惊讶的样子问：“受不了什么？”

“谁知道呢。”他用餐巾纸擦完嘴，然后站了起来，“圣诞节快乐！”

他走后，母亲说：“有时候真的很难判断，他看上去是个好人。你父亲也是。”她把一个包裹递给我，“我应该把这个给你的。”

我小心翼翼地打开那张亮晶晶的红纸，上面写着《鸟类的生活：城市与郊区》(*Birds of the City and Suburbs*)。我翻开看了一下，里面都是关于如何让我们的环境更适合鸟儿们生存的一些线条画和建议。

服务员低下身来问母亲：“夫人，想好要点什么了吗？”母亲冲他笑着。我从来没见她这么笑过。我不是很饿，点了坎伯兰酱和野味派。

快到晚上的时候，我送母亲上了火车。回家的路上，下起了雪。看着漫天雪花，感觉心里舒服了很多，我幻想着未来。整座城市很快陷入寂静，变得枯燥乏味，死气沉沉，大地就像是铺上了一层白色的地毯，连吸入的空气都是冰冷的。不久，天空开始放晴。

第二天早上，我比往常起得早，因为我想在雪地上留下自己的足迹，而不用跟着别人的脚印走了。一只乌鸦从头顶上飞过，有那么一瞬间，我非常想念查尔斯，几乎无法呼吸。我还想起了奥丽芙和父亲，还有杜德利和其他人。回到屋里，我拿起小提琴，拨动琴弦，试图用琴声来表达我刚才的那种情感。只要我全力以赴，一定没问题的。

* * * * * *

今年的最后一场演出结束后，我们冒雨赶到酒吧，斯托克代尔给所有人都点了杯宾治酒，“大家好好玩。”

我把大衣挂在衣架上，坐在比莉旁边，她问我是否想和他们一起参加新年晚会。突然，门口吹进来的一股风转移了我的注意力，一个身穿绿色大衣的女人挽着一个男人走了进来。她的身影看起来很熟悉。我起身穿过人群向她走去。

她进了酒吧，脱下大衣，里面穿着一条深红色连衣裙，脖子上戴着珍珠项链，手上戴着金手链，耳朵上挂着珍珠吊坠。

“帕特丽夏？”

她笑着说：“哈喽，莱恩。你做到了！”

“见到你真高兴。”我抱着她，闻到了一股香水味混和着香烟味。

“这是威廉（William）。”

我伸出手，男人殷勤地亲了一下。

“我丈夫”。帕特丽夏的语气有点夸张，感觉像是在装腔作势。

我皱了皱眉头，“是吗？”

“哦，是的，我已被这个‘负心人’的魅力所折服。”她转向威廉，“我曾和莱恩发誓永远不会结婚。那个时候我比较任性，一心只想写东西。”她握住我的手腕，“我的确写过一些东西。”

我心中的失望就像一朵云挡在我们之间，看得见却摸不着。

“我现在正在写一份关于婚姻中女性地位的宣言。”

“已经一年了，”威廉笑着说，“整整一年了，没有什么成果。但孩子出生的时候，她就不会那么烦躁了。”

帕特丽夏也笑了。

“没有孩子，真的没有。”她用手指轻轻碰了下威廉的鼻子。有那么一瞬间，我在帕特丽夏身上看到了保罗的影子，他两年前就去了伦敦，从此以后我再也没听到过他的任何消息。

“你哥哥还好吗？”

“他很好。他现在在布莱顿，还是在海边，去年出版了他的第一部作品集。”帕特丽夏依旧紧紧抓着我的手腕。我希望她不要放手。我点点头。

“是的，我读过这本书了。好多人都喜欢这本书。”

“抱歉，我都没想起问你怎么样了。你现在还拉小提琴吗，莱恩？”

威廉看见一个熟人，便找借口离开了。帕特丽夏一把拉近我。

“究竟发生了什么事？”我问她。

“他是个正统主义者！”帕特丽夏笑着说。

“你真的怀孕了吗？”

“在他梦里。”也许这对帕特丽夏而言很失望，但对我来说却不是。也许只可意会不可言传——就像我们能感觉到有风，但无法感觉到云。

“一切都还好吗？”

帕特丽夏把我的手抓得更紧了。

“不像你想的那么好。我一直病着，我……”她犹豫了一下，威廉过来了，“身体没有我想的那么好。”

“好了吗，亲爱的？我们该走了。”威廉把手搭在她的肩上，“我们买了电影票。”他对我说。

声音。声音是你能感觉到却看不到的东西，除非它能感动其他东西。我走到帕特丽夏身边，亲了亲她的脸颊，把脸贴在她的脸上停留了好长时间。她低声说了些什么，我还没来得及问她是什么意思她就走了。音乐太吵了，大家都扯着嗓子说话。威廉帮她撑开外套，她扭动着身子穿着，左臂，右臂。她不停地转过身来，直到看见我，朝我挥挥手。我没有招手回应，给了她一个微笑。她也笑了。

星星五

大山雀经常很快就会明白我的意思。如果我坐在桌旁吃三明治，经常会有几只大山雀飞过来看着我。如果我不理会他们，他们便会停在盘子上吃点东西；如果我严厉警告他们，他们便会飞起来；如果我说话时手动一下，他们便直接飞走了；如果我真的生气了，他们便会飞出窗外；如果我喊他们进来，他们便会很快飞回来；如果我半天没说话，他们便会慢慢靠近我；如果我说“去吧！”，他们便立即吃上几口。但对星星来说，当我还没用声音或动作表达意图时，她似乎就能明白我要做什么。她能很好地理解我的面部表情、手势和语气，似乎总能提前明白我的意思。

星星对其他大山雀很友好，她小时候也很贪玩，但她不允许其他鸟儿对她颐指气使：如果她想在某个地方筑巢，首先会确保没有其他鸟靠近；做其他事的时候她也是如此小心谨慎。

九十月间，大山雀开始变得躁动起来，他们撕扯纸张，还在木头上啄出洞来。他们这样做似乎纯粹是为了取乐。雏鸟都已经长大了，他们有时间来消遣，现在为时尚早，还不必为过冬做准备。在这些游戏中，他们展示着自己的个性。一些大山雀撕纸只是为了找乐子，而其他一些则是为了引起另一只大山雀的注意。

星星表现最佳，她啄出的洞是最深的，撕纸的速度也是最快的。但到了十一月底，鸟儿们便停止了这种消遣，他们要用更多的时间来寻找食物，不得不为过冬做准备。

1918

“你要加入吗？”希娅将在霍洛威（Holloway）监狱门口分发有关争取妇女权益的小册子——那儿的妇女被强迫进食。她解释了监狱是怎么做的：往犯人的喉咙里插一根管子，嘴上放一个漏斗，那一定很可怕，已经有两名妇女死于肺炎。我放好小提琴，穿上大衣，她在我的衣领上别了一枚玫瑰花结。

我们从监狱门口走回来时，希娅两只胳膊抱在胸前说：“彼得（Peter）向我求婚了，你觉得怎么样？”有时候她就像一只黏人的小猫，在我周围叫个不停。

“你爱他吗？”

“是的，我很爱他。但我觉得我更爱唐（Don）。但也许已经足够了，唐不想被束缚。”

一个衣衫褴褛的男人推着手推车经过，径直将车推过一个水坑，轮子上的水溅到了我们的腿上。他嘴里骂骂咧咧的，一定是看到了我们衣领上的玫瑰花结。

“唐和你真的很像。”

“是的，但这正是我们之间不可能的原因。音乐对你来说已经足够了，但我需要一个把我放在第一位，使我开心快乐的人。”

我们在监狱前的广场上和其他抗议者换班。

“进展如何？”希娅问道。

“无聊，只有三个人，他们都是狱警。你们谁能给我一根烟吗？”

希娅从大衣口袋里拿出一个盒子，其中一个女孩取了一支烟点燃，她和她的朋友们轮流抽着那支烟走开了。希娅问我这周晚些时候是否要和她一起吃饭，彼得也会来，这样我就能更好地了解他，或许还能给她一些建议。

“我太冲动了，我是说，我的确认为我爱他，但我对他俩都是一样的。”一架飞机的轰鸣声打断了她的话，我们都抬头往上看。

两名士兵朝我们走来。我认识左边的那个，记得他叫利奥（Leo），在阿伯多维经常和金斯利一起打网球。也许他知道些什么，我朝他跑过去。

“利奥？”

他认出我时面露喜色，“格温，是你吗？”

“你有金斯利的消息吗？几个月以来我们都没有他的消息，现在大部分士兵都从法国回来了。”

一朵云彩从头顶飘过。

“他们没有通知你吗？”

“通知什么？”我脚下的土地仿佛慢慢裂开了。

“我们离开的前一天晚上发生了轰炸，整个营房被夷为平地，我们不确定是否还有人活着。也许金斯利和第一批队伍已经离开了，但所有的记录都丢失了；也许他还在法国或是在回家的路上。我也曾经在那儿，但是在金斯利之前，所以我不确定他当时是不是还在那儿。”

希娅抱住我。

“金斯利是个意志坚强、足智多谋的家伙，很有可能……”利奥直勾勾地看着我，“那里很乱，也许他在某个地方的医院里，或者在回家的路上。没人确切地知道他们在哪里，要想离开并不容易，有很多士兵还没回来。”

回家后，我们满怀希望、平复情绪等待金斯利的消息。父亲和奥丽芙向我们挥手告别，然后离开了威尔士车站。我和希娅在火车上分吃一条巧克力，我看见一名士兵，一直望着窗外。到了法国，看到农场，就看到了希望。希娅和我说着话，递给我一支烟，烟雾让我感到头晕目眩。

“有时可能需要几个星期的时间，我的另一个战友前天才刚回来，还要看他们的伤势如何。”士兵转向希娅，“没有人说过他们的情况很糟。”

“你应该睡一会儿。”希娅说。她看着我，就像小时候妈妈哄我睡觉那样。就像是在我灵魂出窍的时候，胡乱抓住几根线头，然后又回到身体里。

* * * * * *

第三次有人敲门时，我打开了门。

“霍华德小姐，已经十一点了。我不想打扰你，但我们不能一直等你来吃早餐。”塞维尔夫人脸上的皱纹更深了。

我点点头。今天下午我们要排练一首新曲子，我还没练好。

“和往常一样，明天早上七点半吃早餐。如果你今天想吃点别的东西，去跟厨师说一声。”她又转过身来，她面容消瘦，皮肤皱皱巴巴的，像一张被揉皱了的纸，她从地毯上走过时甚至都听不到脚步声。

我走向窗户，坐在窗台上，晚秋的阳光照在栗树顶上发出耀眼的光芒——黄色、赭色、红色、深红色。我的胃一阵剧痛，也许金斯利再也看不到这一幕了。希娅昨晚一直叮嘱我对这件事要保密，不能灰心。今早她又叮嘱了我一遍：不要灰心，还是有希望的。金斯利一定会没事的，他从来都是一个让人省心的人。但再优秀的士兵也不是铁板一块，也是血肉之躯。但没有人能想象得到情况有多糟，当前线传来第一条消息时、当第一批士兵回来时、当报纸上有了相关报道时，我们仿佛能看到当时的场景。一辆军用卡车穿过街道，司机不停地按着喇叭，路边有一群孩子在欢呼，一位士兵挽着一名女护士的胳膊从他们身边走过，她发出的笑声让我透不过气来。

我的连衣裙搭在床边，这种料子的衣服刚穿上时冰凉冰凉的。外面比看上去似乎更冷，所以我又回去拿了一件外套和一顶柔软的天鹅绒质地的帽子。当我身后的门砰的一声关上时，我吓了一跳。一到排练厅我便意识到我没带小提琴。斯托克代尔让琼送我回去。

“这周你不用来了，只要保证每天练习就可以了。振作起来！”他轻轻摸了下我的脸颊。

* * * * * *

“格温，我们得走了，我们已经迟了。”希娅站在门口，“来吧，亲爱的。我知道你没心情，但你不能让孩子们失望。”

她一把拉起我。我抓起小提琴，跟着她下楼。穿过前门，穿过街道，我们来到唐的家。唐为周围的孩子建了一所小学校，他们一周上两次课，分别是小提琴课和钢琴课——希娅帮他给孩子们上钢琴课，我帮他上小提琴课。孩子们还太小，没有教他们大提琴。唐的一个叔叔很有钱，给他买了一些二手小提琴，几个乐队还捐赠了一些旧乐器。其中最小的一个孩子——保利（Paulie）站在门口等我们。

“希娅！”他伸出手抱住希娅，把他那脏兮兮的小身体紧紧贴在希娅身上。

“好孩子，你来得真早！”希娅问他妹妹来了没有，他说不知道。保利把脸上的疤抓破了，指甲里的污垢沾在伤口上。他和小伙伴们跑到街道上，又嚷又叫，一个小男孩摔倒了，眼看就哭起来了，但又忍住了，爬起来和其他人一起跑向我们。

总共有十二个孩子，我们让孩子们围成一个圆圈坐着，开始做课前热身。每节课前我们都会给他们听首乐曲，然后问他们：“这首曲子是欢快的还是悲伤的？”有一半的人会喊道：“欢快的。”另一半的人则喊道：“悲伤的。”仅仅几分钟，他们就好像被施了魔法一样，迈克尔（Michael）练得入神，舌头都伸出来了。之后就让孩子们自己练习。现在我们已经把《雅克兄弟》（*Frère Jacques*）这首曲子练习了一半，保利心不在焉，到处乱跑，希娅拿着他的小提琴让他回到座位上。女孩子们表现得都不错，伯特（Bert）和蒂米（Timmy）总是在笑。一周一次本来是不够的，但他们没有其他的练习机会。这些孩子的家庭条件还算不错，起码他们有鞋子穿，大多数孩子的牙齿是白色的而不是黑色的，也不像住在塞维尔夫人房子后面的街头顽童那么瘦。蒂米是第一个学会《雅克兄弟》这首曲子的小孩。“雅克兄弟，雅克兄弟，快起床。”其他孩子很快跟上节奏打起了拍子，他得为大家再演奏一遍。蒂米的眼睛炯炯有神，他舔了舔嘴唇，又弹了一遍，近乎完美。其他孩子站起来打着拍子，蒂米的肩膀也随着节拍来来回回移动，抑制着内心的骄傲。希娅表扬了他，我也表扬了他，蒂米现在很用功，他再也不跟伯特胡闹了。接着我们继续给孩子们教授音乐基础知识。窗外的另一边，一切都显得黯淡无光：石头、街道、烟雾。我得继续看着孩子们。

下课了，我穿上大衣。

“你不打算留下来喝杯茶吗？”希娅在小厨房里问道，“唐一会儿就回来了。”

我摇摇头。“抱歉。”

她抓住我，紧紧地抱了我一会儿。“照顾好自己，知道吗？回头见。”

走到门口时，蒂米朝我跑过来，双手抱着我。

“我能和你一起走吗？”

我在他头顶轻轻吻了一下，告诉他我们很快会再见面的。

我穿过花园来到后街，进入一条小巷，小路是由砖头铺成的，走在上面时鞋底发出的声音听起来很舒服。后街还是和往常一样宽，但今天的我感觉它异常狭窄。还没到商业街就已经听到街道上热闹非凡，行人、手推车、公共汽车、马车来回穿梭。我加快步伐，看着前方，我受不了这些，我受够了。直到看见两个男人撑着伞时我才意识到下雨了。一个女人手里牵着一个孩子，后面还跟着一个孩子。马路对面停着一辆马车。

只听砰的一声，我转过身，看到一只鸽子拍打着翅膀躺在地上，我朝他走过去，他的一只翅膀已经断了，腹部也裂开了，但他还活着，一双眼睛看着我。他的头已经不能动了，他快要死了，我什么都做不了。环顾四周，不远处的一栋房子旁边有一堆砖头，我没有看到其他东西，便走过去拿起其中的一块砖头。路上行人川流不息，没有人注意到这只可怜的鸽子，车夫吆喝着马儿从他的旁边经过。我必须快点，这只可怜的鸽子。我回来时他又看着我。

我说道：“对不起，万分抱歉。”

我跪下来，使劲把砖头砸在他身上，立刻头骨碎裂。尽管鸽子已经死了，但我再次举起砖头砸在他身上，现在他真的死了。

我站起来，把砖头放了回去，满地鲜血，羽毛粘在地上。另一只鸽子远远地看着，可能这是他的伴侣。我再次低声道歉，然后继续向前走去。人们依然装作什么都没看到的样子，尽管他们真的看到了。也许此刻我流泪了，但天空在下雨，人们看不到我的眼泪，没有人会在意这些。

* * * * * *

连续四天，凌晨四点半我就醒了。倾听着城市的声音，此刻一片寂静，然后声音会变得越来越大，直到夜幕降临，声音才会越来越小。风吹过时，窗帘、树枝都在晃动。屋内笑声回荡。脚步声、马蹄声给街道增添了几分生气，汽车驶过，引擎发出低沉的声音。晚上，我仿佛能听到自己的一切声音：呼吸声、心跳声、思念声……我想念大海，想念童年嬉闹玩耍过的田野，想念黑鹂让你感到的寂静。回忆过去就意味着你此刻的脆弱。不，过去是远方的一座山，无法靠近，我们也无法回到过去；现在是人群中的一张面孔，懂得了喜怒哀乐，它回头看着你，从你身边经过。

奥丽芙写信说金斯利可能在法国开始了新生活，他在那里遇到了一个女孩。这对我来说似乎是件难以置信的事，他没有任何理由不与我们联系，尽管要花很长时间才能收到信件，但总能收到。军队还没有就我们的询问给出答复。我最后一次见到金斯利是在酒吧里，在他去法国的前一周，当时希娅也在那里。他们只是听说要派他们去前线，但金斯利看上去和往常一样。除了我，他们都会唱流行歌曲，大家都能跟着一起唱，金斯利和他的朋友们开怀大笑，因为他们都知道我是音乐家。玛吉也在法国，如果有机会，金斯利可以联系她。奥丽芙还在信里提到他们喝酒的事，还有一些有趣的事儿，提到那里的姑娘、那里的酒以及还未爆发的战争。那晚过后，家里只剩下两封信，是给父母的。

我的眼睛很疼，只好出去散散心。我穿上衣服，悄悄打开门，摸黑踏着柔软的地毯走下楼梯。我已经很熟悉这座楼梯，知道走每一级台阶时需要迈出多大步伐。穿过黑暗，我走向泰晤士河。路过商业街时我看到一个流浪汉，在不远处的街道上，有一群女人在洗衣服，周围再没有其他人。我听到远处有只黑鹂在啼叫，他正以一种不同寻常的叫声在呼唤巢中的同伴——前面三个是滑音，最后一个是颤音。我把这几个音符哼唱了一遍。下次出门一定要带上笔和纸。另一只黑鹂用歌声做出回应。我扫视了一下树林，黑鹂重复着刚才的调子，我能听出他的声音发出的位置，但看不见他。突然他们的叫声停了下来。我继续向前走。明天我还会来，还要带上笔记本。

* * * * * *

“勃拉姆斯第一交响曲。”斯托克代尔正在划分声部，“格温，第二乐章你负责小提琴部分。”

比莉朝我笑了笑，腾出了一个位置。我坐下时，她轻轻拍了下我的腿。我的脸红了。我以前独奏过莫扎特的作品，但在首演的前两天，斯托克代尔把我应该负责独奏的部分交给了戴维

（Davey），理由是因为我还没有做好准备。

“你能行的。”比莉小声说。

我们得把这首曲子从头开始练习三遍，因为节奏一直不正确。到我快要独奏时，我能感觉到我的心跳加快，演奏得比平常缓慢。太慢了。比莉瞥了我一眼，我努力按自己的方式演奏，我的演奏准确无误，但根本没有任何意义。我们演奏了一遍又一遍，最后斯托克代尔答应把我们送回家。

“我想大家都清楚在家该做些什么。格温，你能留下来一会儿吗？”

我收起小提琴，不敢看他。

“坐下吧。”他指着他旁边的椅子。

“太糟了，不是吗？”

“如果你多加练习，你觉得你能行吗？”他转移话题。

“我练习了。”

“我明白，但我的意思是，你必须更加努力，加倍努力。我认为这对你来说是最好的选择。但我们没必要这样做，我本可以放心地把独奏交给比莉。”

我摇摇头，“我能做到。”

“很好。”他轻轻拍了一下我的肩膀，“我觉得你的父母一定想来看这次首演。”

那天晚上，月亮很圆，周围有着耀眼的光圈。金斯利曾告诉过我，这是一种荣耀。

* * * * * *

两周后，我去威尔士度过了一个短暂的周末。奥丽芙写信告诉我，母亲一直躺着，父亲什么也不做。那天早上，我拖着沉重的步子回到家，但发现回来的时机不对。

“迷途的羔羊！”父亲穿着他最好的衣服在车站等着我。他冲我笑时，我发现他嘴角的皱纹更深了，浓密的眉毛中夹杂着白发。父亲亲了亲我的脸颊，拿起我的手提箱。

回家的路上，我给他讲了乐队的事，讲了我的独奏，讲了去年春天我发现喜鹊的事——我把喜鹊放在一个盒子里，过了几个星期，又把他放走了。当我问起父亲写的诗时，他说这些诗依旧毫无价值，自己也说不清到底哪里出了问题。我们从一条铺满树叶的小路上走过，中间全是泥，两边的树叶被风卷起。到家了，话题也戛然而止。房子比我印象中的要小，窗框上的油漆都脱落了，前门上挂着一个花环，树枝是用红丝带编成的。厨师打开门，抱住我。

“亲爱的，很高兴见到你。”她推开我，仔细看了我一眼，然后又抱住我，“现在都长成大姑娘了。你的小提琴拉得怎么样了？”

“姐姐。”

奥丽芙从楼上走下来，“很高兴你终于回家了。”她穿着一件灰色的长裙，眼睛周围有点发蓝，不确定是她涂了眼影还是什么原因。她吻了吻我的左脸颊。没有香水味，只有一种旧纸的味道。

父亲把手提箱交给厨师。“你之前的卧室成了杜德利的书房，厨师给你收拾好了客房。”

“一小时后吃茶点。”奥丽芙说，“也许你会问母亲是否和我们一起。”

我跟着厨师上楼，在最后几个台阶上犹豫了一会儿。母亲房间的门是半开着的。厨师继续往前走，到了二楼，她又喊道，我回家了她很高兴。

“我也很高兴。”我敲了敲母亲的房门，然后打开了门。

房间里昏暗不明。我走到窗前，把窗帘拉开了一点，打开上面的一扇窗户。通通风应该对母亲更有好处。母亲直挺挺地坐在床上，后背靠着枕头。她在睡衣上面套了件晨衣。

“格温，过来亲亲妈妈。”我坐在床边，母亲抱着我，从她身上，我闻到了香水味、香烟味还有睡眠的气息。床头柜上有一杯茶，盘子里有半个三明治，还有一个烟灰缸，旁边有一堆信件。

“太可怕了，格温。一收到你的信，我就知道出事了。你知道，我有心脏病，我在信里跟你说过，我现在身体又出了毛病。”她用手捂着胸口说，“就这儿。”她说到了杜德利，还说金斯利实际上是她丢失的第二个儿子。

我的腿麻了，我挪了挪腿说：“你想下床喝杯茶吗？”

她笑着说：“亲爱的，可以把窗户关上吗？我受不了这股冷风。”

“妈妈，我想问你一个问题。”

母亲盯着我，左手在空中比画着，“你不要以为你可以到这儿来随便指使我。”

“我只想问你一件事。”

“是吗？就一件事？”

我站起来关上窗户，然后走到门口。“那么，待会儿再说吧。”

到了一楼，我走进自己之前的房间，书架是空的，我收藏的那些有关鸟类的书籍都不见了。

我们等了一刻钟，父亲说道：“我们开始吃饭吧。”他拿起一块三明治，咬了一口，好像没有嚼就咽下去了。

“那我上楼去了。”奥丽芙猛地把椅子往后推了一把。

杜德利从盘子里拿起一块烤饼。

“你还在搞音乐吗？”我问道。他以前是拉大提琴的。

“没有。”杜德利把烤饼塞进嘴里。

“太可惜了。”

奥丽芙走过来摇了摇头。父亲起身离开，朝他的卧室走去。等父亲回房后，奥丽芙走到我身边，说道：“有传言说他们并没有死，而是被送到了一个营地，他们很快就会回来。但先不要告诉爸爸和妈妈，我不想让他们心存幻想。”

“你是怎么知道的？”

“玛吉写信告诉我的，她的一个朋友在那里当兵。”

“要是有机会金斯利一定会写信给我们的，是吧？”

“也许他受伤了。”奥丽芙咽了一下口水，然后撇了撇嘴，

“也许他不知道该怎么办。”

“也许他只是不想回来。”杜德利放下叉子，“这是我能想到的唯一解释，他喜欢现在这种状态。”

我们都看着他。

“我也很想那样。”他喝了一大口牛奶，牛奶顺着下巴流到了衣领上，“一束温暖的阳光，一杯爽口的饮料，一块美味的奶酪。”

“我想他没有多少时间去痛痛快快地喝上几杯，吃上几块美味的奶酪。”

杜德利用袖子擦掉下巴上的牛奶，耸耸肩说道：“我完全可以想象，毕竟他现在身无分文。”

奥丽芙看上去被他的话吓着了。

“你这话是什么意思？”我皱着眉头问。

杜德利笑着说：“他们还没有告诉你吗？那些离开家的人什么也得不到。”

我擦了擦嘴便上楼去了。我敲了三下父亲书房的门。

“什么事？”父亲没有转身。

“你想去看鸟吗？我们可以去树林或海滩，很近的。”

“抱歉，我想把这件事做完。”他摘下眼镜，用手帕擦着镜片。

“查尔斯还来吗？”

“查尔斯？”他戴上眼镜，转向我。

“哦，快来看，爸爸，是乌鸦！”

“哦，有一段时间没见到他了，上次见到他还是去年。不过，你一走，他来的次数越来越少了。”父亲咳了声，“还有别的事吗？”

我沿着房子后面的小路走向树林，穿过原野来到海滩。我没有看到查尔斯。他应该还活着，他还小，也许只是暂时离开了，也许是在生我的气，所以没有露面。他可以去任何地方，继续找下去没有任何意义。海滩上，绵绵细雨在空中划出一道道灰色的线条，灰色的沙子，灰色的大海，灰色的天空。嘴唇咸咸的。我哼着调子，这样可以听到自己的声音，声音随风而去。

周末母亲根本不愿下楼。

“再见，妈妈。”我俯下身亲了她一下。

“你又要离我们而去。”她背对着我说。

“火车两小时后开，我还得收拾行李。奥丽芙要和我一起去车站。”

“你已经做了你该做的，看望了你的老母亲。”

“我想见你们所有人。”

“你已经四年没回家了。”

“你们都没去过伦敦。”我深吸了一口气，努力让自己的语气听起来更友好，“几个星期后，我们要举办新作品首演，我会表演独奏。你们想来参加吗？音乐厅附近有一家不错的旅馆。斯托克代尔一定会很高兴。”

母亲看了我一会儿，然后笑了笑说：“走的时候能把门关上吗？这儿的风太大了。”

几个月后，奥丽芙写信说她收到了金斯利的来信。他在信中说他很抱歉没有早点写信，他遇到了一个法国女孩，现在已经有了一个儿子，取名叫雅克（Jacques），来自孩子外公的名字。他现在在法国北部和岳父一起经营一家肉铺，近几年他会一直留在那儿。他住的地方很美，有一望无际的田野，有向日葵和小山丘，还有一个比这里更暖和、更大的太阳。他很快会再写信给我们，希望不久后能见到我们，他要提前做好准备，希望我们一切顺利。

星星六

我的朋友加斯·克里斯汀（Garth Christian）是一位自然学家，他记录鸟类行为，推荐我读过一篇有关寒鸦实验的文章，该文章说鸟类能学会计数。“你的鸟儿也能做到吗？”他曾问我。我想，星星虽然并未栖息在屋内，但每天早上六点她第一个飞来向我讨要坚果。第二天早上，她再次站在窗台上。我决定试试看。

“不，”我对星星说，“你必须先敲击。”我看着她的眼睛，清晰地说道。“铛——铛——”我弯起指节轻叩木框。星星马上用嘴啄了两下窗框，然后飞到我的手上取食坚果。我知道星星很聪明，但我对这件事并未抱任何希望，但她却明白我想做什么！她让我想起了退斯特，另一只不同寻常的大山雀，她会在我的要求下吻我。第二天，我再次让星星用喙敲击窗户，她再次按我的要求做了。我又重复做了四次，每次她都可以与我应和。

第三天，有新情况出现。星星飞到屋前用喙敲击了三次木框之后就要吃我手上的坚果。我没有给她，我想要她完全模仿我的动作，毕竟我正在教她计数。星星飞走了，看起来非常难过。按惯例，她起码要离家出走很长时间，至少四小时。但她又飞了回来，用喙敲击了三次窗框。我给了她想要的坚果，因为她做得很好，我不想再次得罪她。幸运的是，第二次她等待着我的指令。

下一步就是教她如何敲出正确的数字。我敲两次，她必须也得用喙敲击两次作为回应，只有这样她才可以得到坚果。星星立刻就理解了规则，成功用喙敲击了两次、三次。但当我敲了四次时，她疑惑地看向我，好像没有听清。我用弯曲的指节敲在木框上，也许是声音太模糊、太低沉了。之后我换了一只铅笔来敲，效果好多了。接下来的几周我们都以这种方式来练习，四次、五次、六次，最后是八次。她把较大的数字分成两组、三组或者四组来敲。比如八这个数字，她会敲两组四次，偶尔也会敲两组三次和一组两次。星星经常能与我完美配合，并根据自己的意愿决定敲击方式，尽管偶尔有几个早晨她并不愿如此。星星乐意玩数字游戏时就会站在窗户边缘，头脚相对；不愿意时鸟喙就会朝上撅着。显而易见，她发现这很有趣，但这仅限于正确的时机，而我也经常搞不懂何时才是正确的时机。

到了二月，我和星星的计数课程因鸟儿们争夺领地的战争而中断。秃头体虚不敌，星星接管了烟雾和因凯的领地。雌性几乎不与雄性争霸。我以前对这种情况并不了解。在这期间，我如果对星星敲窗，她只会斜瞪我一眼；如果我不给她坚果，她就会一直啄木窗，直到我投降。在好几次“争吵”的和平间隙，我们又试着进行了几次数字游戏的练习，但星星却心系他事，无暇顾及。

1921

我和其他小提琴手围坐成半圆，十四个人都穿着清一色的深色裤子。

“你要有更多的表情，”斯托克代尔对琼厉声说道，琼紧张地垂下眼睛，“紧跟拍子，一、二、三，重音在一上。”

这首曲子我们已经练了十三次了，每次都会出现问题。但问题出在斯托克代尔自己身上，他一直在改变节奏，这次节奏更快了，他的注意力好像并没有完全集中在演奏上。

“全部再来一遍。”斯托克代尔说道。

我们从弱拍开始，我闭上眼睛，跟随着身旁大提琴的节奏——他总是在某一小节有点快，如果我拉慢一点，节奏恰好。

“不——不——停。”斯托克代尔摇摇头，“够了！我们明天再继续。琼，我真的希望你能投入更多的感情，更多的精力。我不希望它华而不实。如果你继续这样，我想我们可能无法一起演奏了。”

琼眼里浸满泪水。她揉了揉瘦削的脸颊，双颊显得更加凹陷。

“别理他，”斯托克代尔走后我对琼说，“是他飘忽不定的节奏影响了你的表现。”

不仅是琼的演奏，连她自己都像是斯托尔代尔的回声，只知道盲从。我把小提琴放到盒子里。我生气的从来不是演奏，而是人。我站起来时，普丽西拉匆匆忙忙地突然出现在我前面，绊了一下，差点摔倒。

“哦，上帝，对不起。”她扶着她的大提琴说道。

我和琼一起走出去。

“他总是这样。”琼说，“尽管如此，他那样对我，我还是三缄其口。我认识斯托克代尔很长时间了，也清楚他是一个什么样的人。”

“我知道。”斯托克代尔上周大发雷霆，又解雇了一个单簧管演奏者。

十月的风拍打着窗户，一个满头红发的年轻男人吸着烟，站在艺术学校门前。

我和琼从他身边走过，他说了一句：“嘿。”我也向他打了个招呼。

“请等一下，”他掐灭了烟，“你赶时间吗？我能不能问你一件事？”我站着没动，像一只黑鹂一样扬着头看他。琼说她必须得走了，我们明天见。

这个年轻男人时常站在这儿，好几个星期以来我们都相互打招呼。他看着我，一句话也不说。

“我不能一整天在这儿等你。”我说道，然后向远处一片狭长的桦树林走去。

他摇了摇头。

“我们去散步好吗？”一片黄色树叶吹向他，“或者去喝咖啡？”他拿下额头上的叶子，仔细审视了片刻。天空上的云朵飘动，仿佛涵盖了世间的一切。

在泰晤士河畔的一家咖啡馆里，他给我展示了他的画作。鸟、马、狗，多么神奇的生物，绘画中的动物与周围环境融为一体，这不仅让我看到了不一样的他，也看到了别的东西。

“这些只是草图。”

我拿起他给我看的《寒鸦图》，给他讲了诺拉（Nora）的故事，诺拉是我饲养的一只寒鸦，她陪伴了我整整三年。

“第一年她偶尔会去探险，但只在附近。去年春天她突然失踪了，我想她一定是遇到了什么人或是找了个好地方安顿下来了。寒鸦有自己的想法。”我喝了一口咖啡说道，“她只有几周大的时候，我在海德公园发现了她。她的父母不见了踪影，小寒鸦正在地上学习起飞，所以如果你发现了她，绝对不要轻易将她带走。”有些人从来没有养过鸟——那些柔软的羽毛，那么脆弱，那么弱小的生命。

外面的风越来越大，绵长的灰色线条在水面上移动，一切都是灰色的。雨越下越大，落在地上汇成水流。

“我想我在这里会很开心，一定会开心，远离父母，远离期待，只有小提琴”。

“但是你并不开心？”

“每次演奏时我是开心的。”乐队有时让我窒息，琼和比莉一直在问我是否想和她们一起去跳舞，但我却想在闲暇时走出房间。现在我有一堆笔记本，里面全是鸟儿的故事。

“我们现在就走，外面的风好大呀。”他迎着风推开门，把胳膊伸向我。我闭着眼睛，感受着雨水、秋天和未来。他把素描裹藏在大衣里以防被雨淋湿。我们就这样走过沃克斯豪尔汽车公司，走进即将来临的黄昏。屋内的灯光也亮了起来，一只知更鸟躲在草丛里，想在原地驻足长栖。

* * * * * *

整个周末，托马斯（Thomas）的脸总是浮现在我的脑海，还有他那轻快的声音。他说话时会把声音拖长——这就是我印象中他说话的方式。当我将一堆鸟类书籍还回图书馆时，我感觉好像又一次看见了他，周围的一切都变成了与他相关的一幕幕场景。我把托马斯的事告诉希娅，她吹了一声口哨，说我现在正处在容易动情的年龄。

星期一排练结束后，我第一个收拾好小提琴走向门口。托马斯不在，我只好等他。马路对面屋顶上的鸽子环视着街道。一阵风吹过，我假装自己忘记了什么，穿过闲聊的人群往回走——这时排练厅里还有人。我走进卫生间，锁上门待了一会儿，然后又慢慢走到外面，在门前停下来和斯托克代尔说了会儿话。他对今天的合练很满意，认为星期五的首演将会很精彩。托马斯还是不在，我不能再进去了。于是我走回家。星期二我们排练到更晚。进门之前我看了看，确认托马斯是否出现了；排练间隙又到门口看了看。我和比莉聊天，帮斯托克代尔分析节奏的变化，听新来的大提琴手向琼分析颤音——他虽然瘦骨嶙峋，但容光焕发，身体倾斜着，两个女人正在热切地听他说话。托马斯的脸始终浮现在我的脑海，我希望他在外面等我——他知道我们排练结束的时间。

“女士们，先生们，大提琴非常有趣，但现在我们必须停下来。”托克代尔摆了摆手将我们赶出房间，“你们可以走了”。

我盯着门口看了一眼，发现没有人站在门前。我在门道附近徘徊着。身后有两只麻雀飞进了树篱，它们快速扇动着翅膀，身体悬停在空中。

“看。”我指着树篱说道。

比莉疑惑地看了我一眼说：“去喝一杯？”

“不好意思，我有约了。”

比莉他们在街道上消失不见了，湮没在马车、货车和人群之中。我像小狗一样满怀期待地等着五点的钟声响起，然后起身回家。我一直向前走着，多么希望托马斯此刻出现，就跟在我的身后；多么希望迎风听到他的声音。希望风能助我一臂之力。

星期三，星期四，我的身体从未像现在这样麻木。星期五我们最后一次排练。天气晴朗，太阳照在落叶上，为它们镀上了一层金色。我的心已经变得平静了，不再一门心思想托马斯。排练进展顺利。我们将在七点钟到达音乐厅，斯托克代尔提议我们先去吃点东西。我和普丽西拉、琼一起走出排练厅。他终于来了。

“稍等。”我跑向街道的另一边。

“嘿，温格，我有东西要给你。今天的天气正适合散步，我们去公园好吗？”

我向普丽西拉和琼打了个手势。

“我们正打算去吃点东西，今晚是首演。”

托马斯从包里拿出一个小包塞到我手里。“在哪里演出？”

我告诉了他地址。“我必须得走了。这里面是什么？”

“惊喜。”他拍了拍我的肩膀，转身走开了。

“他今晚会来看演出的。”我对琼说。

“太好了，”她说，“希望一切顺利。”琼经常在演出前呕吐，但她对小提琴的热情压倒了恐惧。

我在演出厅没有看见托马斯，但演奏时我幻想他就坐在那儿，音乐犹如一幅风景画：首先映入眼帘的是一片草地，生机勃发；继而是一条河流，河水奔腾着，最后汇入海洋。风景中到处都有水流，时而平静如斯，时而旋转奔涌；风景倏尔转换，变成了起伏的丘陵，陡峭的悬崖、坚韧的岩石、静谧的深谷、坚实的土地和伟岸的山峰。攀上山峰之巅，一切可见。此时，你以为自己穷尽世上一切存在之物，以为自己窥见了整个世界。但当你走下山峰时，才会清醒地意识到一切都是盘根错节、千头万绪而又纷繁复杂，超乎想象，微小之中可见宏大：你身虽于此，但又无所不在，或从未移步去向它处。音乐有起伏，有快慢，有轻重，有不可思议的魔力赋予的自信，它能让世人

"看到"某种东西、能放大某种东西，使人心怀敬畏，使从未俯瞰世界之人站得更高。演出结束后，斯托克代尔向我致谢，他的面部表情温和，肌肉放松——他是那样的英俊潇洒。我明白人们为什么都喜欢他了。

"一切顺其自然吧。我担心我们会失败。"他的晚礼服下的衬衫已经湿透了，紧紧贴在皮肤上。

"你不要这么紧张。"我把小提琴放回琴盒。

他摇摇头。"如果没有风险，什么也不会发生。我必须让你明白这是怎么回事。"

"如果弦绷得太紧就会断。"

"但弦本身可以承受这种力量。"我的脸感受到了他温暖的呼吸，"你要和我们一起来吗？"

我说不了，谢谢。我想去一个没有声音的地方。月又圆了，这是这个月第二次出现满月。我把小提琴紧紧夹在胳膊下，走在比平常更为空寂的街道上，我慢慢地走着。我享受这种独自走在路上的感觉，欣赏着经过的景物。我感觉很放松。

第二天早上，我打开那个小包，那是一幅画，一只大山雀跃然纸上，小家伙像托马斯那样看着我。我把画放在靠近窗户的乐谱架上。

* * * * * *

"这是我的家。"托马斯拧开船屋的红门，弯着腰走在我前面。

“来杯茶吗？”船仓前有一个小厨房，工作台上有一幅巨大的画——红色的太阳倒映在水中，色彩绚烂。

“好美啊！”

“哦，还没完成，色彩不错，但构图有点糟糕。”托马斯在橱柜里翻找着什么，船被浪涌掀动着，他像是突然想起了什么，转身握住我的手说，“很高兴你能来。”

随后的几个星期让我渐渐熟悉了这条河。我熟悉了附近的天鹅，他们和四个已成年的孩子居住在离船不远的地方，经常从水线以下的圆形舷窗前游过；熟悉了使水面变得波光粼粼的光线；熟悉了使波浪消失于远方的薄雾——早晨的水雾打湿了被单；熟悉了栖息在门窗上的大山雀；也适应了水波的晃动——这个无声的世界发出的“声音”。我用小提琴为他演奏；我们一起躺在床上时，我为他读鸟儿的故事。高大的树木耸立在岸边，灌木点缀其间，如果我早上起得早，会坐在甲板上边听边看。这里不似市中心那般喧哗，我能感受到自己的内心。当我穿梭于城市之中，当我拉起小提琴，托马斯一遍又一遍抚摸我的情景一次次闪现，身体会唤醒那些让我脸红心跳的事。

“你很棒。”斯托克代尔在第一场音乐会结束后说，当时托马斯正坐在观众席上，“你这话说到点子上了。”

托马斯在门口等我，他抽着烟，望着街道尽头，手指轻拍着裤子打着节拍。我盯着他看了一会儿，然后打开门。他笑了，扔掉手中的烟，用手捧着我的脸。

“太美了。”他说道。他是在说我美，还是在说发生的所有事。我向他说了谢谢，我站在那儿，我已不再年轻，也不再满怀期待，只有当他吻我的时候这种感觉才会消失。我又见到他了。

* * * * * *

十一月，奥丽芙来到伦敦，她只是来看看我。塞维尔夫人已经为她收拾好了客房。我看着她站在滑铁卢车站的人群中紧张地左右张望，像一只凤头鹏鹛。

"奥丽芙。"我举起手，"这儿。"

她身上的气味和我上次见她时并无二致。我从她手里接过手提箱。

"步行要一刻钟，你累吗？要坐公交车吗？"

"我想走走，一路上都是坐着的。"奥丽芙斜眼瞟了我一下，"格温，你看起来棒极了，一切都好吗？"

我低声说："一切都好。"我向她讲述伦敦这座城市、街道、房子，忙碌、乐队和我们正在演奏的新作品。她比我记忆中更矮、更脆弱，声音听来也更轻柔。

"爸爸妈妈好吗？"

"不算太坏，爸爸终于完成了有关战争的作品，回到了以往的样子，什么都管。妈妈还和以前一样。"她斜眼看着我，"她失望的是你几乎从不写信。"

"可她经常责备我。"

"你那时就不应该离开家。"

我摇摇头，多年没有感受过的愤怒突然重新涌上心头，异常强烈。我深吸了一口气。毕竟，这不是奥丽芙的错。

“你怎么样？”

她耸了耸肩，移开目光。

“奥丽芙，你恋爱了吗？”

“也许吧。”我们穿过马路，她跟在我后面，好像是我领着她走路。

“他叫什么名字？”

“蒂莫西（Timothy）。”她深吸一口气，“他已经五十岁了，已经结婚了。”

“真的吗？”

“他妻子病了，是心理问题，住在医院的特殊病房。我是陪杜德利去做理疗时在那儿遇见他的。”

“他也爱你吗？”

“无所谓。格温，我不应该说这些。”

那天晚上，奥丽芙出席了“贝多芬第九交响曲”的首演，音乐会结束后，我们和其他人一起去了旅馆酒吧。

“很高兴终于在这里见到你。”斯托克代尔站得离奥丽芙太近了，她躲开他一点，站到墙边，“两个霍华德姐妹终于又聚到一起了。”他吻了一下奥丽芙的手，“你父母还好吗？”

“很好，父亲刚刚完成他的新作品。”

“我很期待。”斯托克代尔一口喝掉威士忌，“我很少见到这么有创作力的诗人。他没有获得应有的名誉，但后人自有评判。”

奥丽芙大口喝着雪莉酒，和母亲如出一辙。这时有人拍了拍我的肩膀。

“莱恩。”托马斯吻了吻我。

“托马斯，这是我姐姐奥丽芙。”托马斯把的手搭在我的肩上。

“很高兴见到你。”他吻了吻奥丽芙的手，“这是斯特拉（Stella）。”一个穿着黑天鹅绒裙的金发女孩从他身边走了过来，看起来年龄不到二十岁，画着眼影，笑起来就像一名演员。

“斯特拉是谁？”我问。

“我们刚认识。”托马斯抱歉地朝我笑笑，“她在艺术学校学习雕塑。”

我想要从他脸上找到缘由，但是没有实现。

“谁还要再喝一杯？”他微笑着，看上去很开心很坦然，装作一切都没发生过。

托马斯去了吧台，奥丽芙靠近我问：“是他吗？”我点了点头。

“那女孩是谁？”

“不知道。”也许是我所知道的和怀疑的众多女孩中的一个，但怀疑和亲眼看见是不一样的。

奥丽芙一脸不悦，皱着眉头。我从桌子上拿起酒杯，喝了一大口，香槟是酸的，别人可能什么都没感觉到，这也许只是我自己的问题。斯托克代尔伸出手，奥丽芙同他走进舞池。奥丽芙跳得有点太快了，斯托克代尔试图让她进入正确的节奏，所以这对舞伴的节奏忽快忽慢。

回家的路上，奥丽芙情绪高昂，比平时放得开一些。她挽着我的手臂。

“脚好痛。鞋子很漂亮，但不适合走路。”她穿着我的新高跟鞋——如果穿着高跟鞋，就不能尽情地玩。“托马斯那个家伙非常帅，你爱上他了吗？”

“是的。”天太黑了，我看不清奥丽芙的脸，她没有继续追问。

“在这里不一样。”我说。

我们沿着泰晤士河走着，走到托马斯的船前向左拐。

“希娅，就是那个大提琴手，已经交过五个男朋友了。普丽西拉结婚了，在我加入乐队之前，她曾和一个小号手有过一段风流韵事。”帕特丽夏已经结婚了，也许她现在已经有孩子了。

“到底是他不想结婚，还是你不想？”

“我觉得我们都不想。”过马路时我们左右仔细看了看，尽管现在是晚上，没有什么车经过，但我们就像孩子，在一个大城市里小心翼翼。

“不管怎样，恭喜你。”奥丽芙笑着说，“他比保罗帅多了，你还记得保罗吗？”

我没有告诉奥丽芙她喝多了，也跟着笑了几声。人行道上凹凸不平，我使劲扶着她，否则她穿着高跟鞋走路会摔倒。奥丽芙不停地向我诉说蒂莫西的事：他的妻子也许很快会去世，这当然很可怕，但她仍然希望如此。我试图听懂她的话，但我的思绪一直在现实与幻象之间徘徊。

* * * * * *

“你和那个女孩之间到底发生了什么？”

“我们说好了不吃醋的。”托马斯把漂洗刷放回罐子，劲用得太大发出了响声。

“我只是问问。”

有人要进入你的心房就意味着某些东西要失去，意味着某些东西要放手。渴望一个人常常害怕会失去他，害怕总有一个空间不属于你，里面装着别人，而你不在。这也意味着你可能会失去他，并且必须接受这个事实。因为总是会有一些事情要比其他事情更重要——至少在托马斯看来如此。

“我偶然遇见她，我们一起喝了一杯，然后跳了舞。是你说过什么事都要循序渐进的。”

“我只是问问。”我对托马斯微笑着，想告诉他我并不生气，但我无法强颜欢笑，只能假装自己很高兴。

“格温，你知道我是什么样的人。”

我真不知道托马斯是个什么样的人，但我很高兴他能这么说，就好像他对我没有任何隐瞒。诚实很重要。我还不想结婚，我想拉小提琴，想去旅游，我想离开。而他明白离开意味着什么，或许这就是代价。我不知道为什么突然会哽咽，连吞咽也无济于事。托马斯走到我面前，把湿润的手指放在我的手上说：“我们去趟博物馆吧。”

外套的触感既粗糙又熟悉，黑色的帽子也一切如旧。我们沿着河边走向公交车站。一只苍鹭卧在芦苇中，拐角处的橡树上有两只乌鸦。托马斯说着，笑着，向我讲述生活中的缤纷色彩。路边水沟里的花束蔫巴巴的，警察在大街上投下的阴影拉长了身形。托马斯身材修长。我能清晰地记住他的音量、他的音色以及他的语调，他的一切都萦绕在我的脑海中。他的身体总是充满活力，他清楚地知道我的身体，知道该怎么做会让我快乐，他亲吻我的肩膀、我的手臂、我的脖子，亲吻我全身的肌肤，用嘴唇轻柔地拂过我的身体。我有时会问自己，他是在抚摸我，还是仅仅是在抚摸一个女人。在博物馆里，托马斯慢吞吞地走着，双手背在身后，像一个小孩，又像一个智者。他让我对那些画作有了新的认知，颜料、情态、色彩。看到达特纳时，他握住我的手。我们静静地站在那里看着彼此，我知道是什么触动了他的心灵，他是对的，我确实知道了他是怎么样的人。

星星七

星星总是花很多时间哺育雏鸟，在觅食方面费的时间远比其他大山雀多。她还教雏鸟各种各样的生存技巧，其中之一就是每年都教她的孩子如何不害怕我。正因为他们将这项技能传授给了自己的孩子，因此我不仅成了一些特殊个体的朋友，也成了某些特定家庭的朋友。

星星和秃头第一窝中的一只雄性雏鸟长得非常漂亮，见过他的人都会说："真美啊！"所以我叫他美人（Beauty）。美人是第一个跟妈妈离开鸟巢来到鸟食台的，羽翼丰满后，很长一段时间里他一直来这儿做客。他经常会认真思索，谨慎选择坚果。多数大山雀会从桌子上叼走一些食物，然后才决定是否要吃。美人则会事先考虑，从不选择他不爱吃的东西。他四个月大时和其他三只小鸟一起离开了花园，在这之后的很长一段时间里我再也没有看到过他们，我担心出了什么事。但三个月后，我突然在窗台上看见了他，另外三只小鸟跟在他身后。

第二年春天，他和一只名叫洋娃娃（Dolly）的瘦骨嶙峋的雌鸟定居在花园，他的领地与母亲的领地接壤。洋娃娃和美人孵出了一大窝小鸟，他们辛勤劳作让小鸟们丰衣足食。最后飞离鸟巢的是一只雌鸟，她有一条腿是跛的，我叫她娜奥米（Naomi），她十天大的时候就被带到了我这儿，美人的行为让她很快就信任了我。

与其他鸟儿相比，娜奥米行动迟缓，在她有能力自己觅食之前我一直给她投食。几个月过后，她的腿伤逐渐愈合，一年之后几乎看不出她曾身负重伤。她不再需要我的帮助，能和其他大山雀一样自食其力了。

1937

五月第一个星期二的早晨，阳光已炙热难当，我走在去往律师办公室的路上。乌鸫鸟正在街角高高的树篱上筑巢，他们衔着东西飞来飞去，但选择的地点并不合适，那儿太暴露了，很容易成为猫和喜鹊攻击的目标。我解开上衣扣子——我穿着深蓝色的羊毛套装，已经开始出汗了。我拿着小提琴，这次约见后我必须得马上赶过去参加排练。我每走一步，琴盒就会在我汗湿的手掌中前后滑动。我紧紧攥着它，咽了口唾沫润润嗓子。我早到了五分钟，握住沉重的门环敲了三下。跟着女仆穿过一条宽大的用大理石铺就的走廊，我走进泰勒（Taylor）先生的办公室。这所房子一定会让母亲青睐有加。

“泰勒先生很快就来。”女仆说。

我把琴盒倚在我坐的椅子旁，它差点滑落。

“霍华德小姐。”一个留着小胡子、戴着圆形小眼镜的矮胖男人向我走来，他伸出一只手同我握了握。

“很高兴见到你。”他在办公桌前坐下来，打开一个文件夹，“首先我对你的遭遇深表同情，我见过你父亲一两次，我们有共同的朋友。他是一个非常亲切友善的人，满腹诗情。”

“是的，的确这样。”我试着吞咽了一下口水。我真的应该要一杯水喝。

“你想喝杯水吗？”他站起来让女仆给我拿了一杯水，“我可以想象他生病时你有多震惊。”

我点了点头。我不知道父亲生病的事，我已经有好几年没回过家了。我只是在假期时给父母寄张明信片，圣诞节寄张贺卡，有时我会给奥丽芙写信。我不知道奥丽芙为什么会在去年 11 月父亲葬礼后才写信告诉我——她说她一直很忙，是母亲不想让我回来。我给她们寄了一只石鸟放在父亲的坟墓上。

“霍华德先生把他所有的财产留给了他的四个孩子。”我的心怦怦直跳。我的遗产份额比想象的要多得多——我可以用它们买一所小房子。但母亲肯定会勃然大怒。

我签了字，同意继承遗产。十分钟后，我已经站在了外面。光线很刺眼，一瞬间什么也看不见。

* * * * * *

“琼，重新开始。”斯托克代尔说道。

“对不起，为什么我必须要重新开始？”琼嘴边的肌肉比以往抽动得更加厉害——她的脸只有在演奏时才会平静下来。

“你必须要为其他人定调，领头。但恰恰相反，你先是跟着小提琴，又跟着低音提琴。”

琼点了点头，视线并未从小提琴上移开。

“再来一次。”

琼先开始，我们紧随其后。第三小节过后，我透过窗户，看见一只乌鸦在高空飞翔。几天前，我看见一只乌鸦在飞行时扔掉一根小树枝，另一只乌鸦抓住它，飞了起来，然后又把它扔了下去，第一只乌鸦俯冲下来，正好抓住了树枝。他们看起来像是在玩耍。我对鸟类嬉戏的现象没有任何研究。

“简直糟透了，停。从第二部分重新开始。”

斯托克代尔突然站在我的面前，吓了我一跳。

“格温德伦，你能跟上我们吗？”

我必须努力跟上此刻的节奏。我一直想着乌鸦，想着松树的树梢。

“好多了。接下来是埃尔加（Elgar）的《谜语变奏曲》（*Enigma Variations*）。今天下午只练弦乐部分，然后你们就可以回家了，现在休息十分钟，对那些做好准备的人来说，这就是‘宁录’”。

斯托克代尔走过来站在我旁边说：“我知道你现在承受了很多，父亲的离世、家人的悲痛。”

“雨燕。”

“什么？”他捻着胡子，眼睛转向门口。

“埃尔加的那首曲子让我想起雨燕，他们只在陆地上繁衍后代，但睡在空中，吃在空中。”

斯托克代尔踩着我们刚才弹奏的节奏走了，在门口放慢了脚步，在正确的节奏点停了下来。琼走过来坐在我旁边。有一只海鸥飞过，我在这儿几乎没见过他们，也许他们在海边找不到足够的食物。

“你觉得是我的节奏不对吗？我觉得是他的节奏错了。”

我转向琼说：“也许你应该和斯托克代尔谈谈，而不是我。”

“管乐吹得太快了。”她的脸又开始抽动。

我尽量让自己的语气听起来没有那么恼火。“总是这样。他生气了，对你失去了信心，然后事情变得越来越糟。”

“但是你觉得我弹得对吗？”

我耸耸肩，“介于两者之间。”

普丽西拉也加入了我们的谈话。“你觉得这种天气会持续下去吗？我和肯（ken）想在这个周末去航海。”

琼认为天气太冷了。我走到窗口——我们总是在谈论如此相似的话题。普丽西拉真的很漂亮，她有着红扑扑的脸颊——奥丽芙把这种脸颊叫作“苹果色的脸颊”，淡黄色的头发。她很有趣。我喜欢琼，但我不知道此时自己为什么会生气。两个警察从外面走过。我不安地用手指轻拍着腿暗自道：“傻瓜。”

排练结束后我不想直接回家。今天这个城市实在太过喧嚣。晚春的气息非常浓厚，巴特西公园的榆树郁郁葱葱，胖乎乎的小画眉和麻雀——到处都是空空的蛋壳。一群年轻人从我身边走过，他们欢笑着、嬉闹着。这正是做梦的最好时节。天气异常炎热，黏稠污秽的空气让人们想远离城市。一对老夫妇坐在长椅上，在这样的气温下他们的外套也是扣上的。老妇人握着老先生的手。一群学生在花园里散步，他们在纪念雕塑前停了下来，其中一些人在本子上开始画素描。托马斯也很喜欢这座纪念碑。我继续往前走，经过一座古典英式花园，又经过一座湖泊，来到了一棵老橡树前，那里是大山雀筑巢的地方。老橡树对面有一条小长凳，离鸟巢较远，不会打扰到他们。我从提琴盒里拿出笔记本，我正在撰写一篇关于大山雀歌声的文章，在过去几年里，我读了很多研究鸟鸣的文章。所以每当空闲时我就会来这儿，记录下特定鸟群的歌声和鸣叫声，同时记录他们之间的关系和互动。我希望在春天结束前能搜集到足够的信息，完成一部优秀的作品。一只青年大山雀从不远处的薰衣草丛中飞了出来，落在我的脚边，在我面前跳来跳去。

“喂，小家伙。”我对他说。

大山雀歪着头，向前跳了一步，但很快又飞走了。

* * * * * *

“莱妮。”托马斯仰面躺着，抽着烟。

“嗯。”一艘船驶过，我能清楚地看到掌舵的老人。

“你愿意嫁给我吗？”

我从窗户边回到床上。风吹皱了水面，浪涌摇晃着船只。我在托马斯旁边坐下，把手放在他的手腕上。

“不。”

“你确定吗？”他坐起来，“我可以买一栋房子，一栋真正的房子，我们会很幸福。”

“你和你妈妈谈过了吗？”我握住他手腕的手又松开。

“这不是原因，我们在一起这么久了。”

我皱了皱眉头。

“我们已经认识这么久了。”他握住我的手，“我爱你。”

“嗯，我也爱你。我只是不想结婚，当然不仅是和你。”我抚摸着他的红色卷发。

“你忍受不了的。”

“你为什么突然又想要结婚了？”

他叹了口气。“我妈妈想让我结婚，组建家庭。否则……”

“否则你拿不到钱。”我的语气听上去并不愤怒——我知道这一点。他没有说话。

“我不会和你合作的。对不起，如果你真的想结婚，那就去结吧，不过要问问你其他的女朋友。”

“但你是唯一一个。我唯一爱的人。我们认识这么久了。”托马斯用小男孩般恳求的眼神看着我。

“说真的，托马斯，你和我都清楚我们最好不要生活在一起。”

“你有更好的主意吗？”

我告诉过他关于遗产的事。

“她给你下最后通牒了吗？”我问。

“一年之后，她会停掉我的零用钱。”

我笑了，“那你必须得全力以赴了，伙计。”

他放开我的手，转身走开。“我很抱歉。”

“不，一开始我就应该说清楚的。你就是你，而不是其他人。”

他很努力，比上次更努力。我也拿了一支烟，点燃，深深吸了一口。他会找到一个人，一个漂亮的女孩，年轻、顺从，他会娶她为妻，生儿育女，我们默默抽着烟。还要不断地跟我见面，直到再也不可能，或者直到我不再愿意。我沉默地穿好衣服，他跟着我到了门口。

“你真的认为我会答应吗？”

“我不知道。”沉默就已代表答案。托马斯给我开了门，望向我身后的道路。

在泰晤士河畔的小道上，女人们穿着短袖连衣裙在散步。又是一个艳阳天，花儿被太阳烤得耷拉着脑袋。在车站前的小树林里，男孩子们穿着短裤，玩着小石子，膝盖上、手上沾满了沙子。人。风景。我沿着泰晤士河走着，就像走过其他地方一样，人们看见我，然后又忘了他们曾经见过我。一大群人站在车站入口处——现在是几点？八点还是九点？天早已亮了。一天已经开始了。我可以坐火车——我现在有足够的钱——去海边旅馆住上一两个晚上。小提琴在门口立着。周五我要参加演出，现在还得练习，我加快脚步。有人正在房子里唱歌，一辆公共汽车从我身边驶过，河水涌动着船舷，梧桐树伫立在我们第一次见面走过的那条小道上。所有的脚印都封藏在这条柏油路上。公园、墓地——只有当我再次回到学校时才听到人类的声音，而不仅仅是鸽子咕咕的叫声。我敲了敲门。珍妮（Jenny）开了门，她行了个屈膝礼向我问好。我点了点头，两步并做一步跨上楼梯。托马斯为我画的大山雀至今还挂在窗前。我拿起小提琴，为大山雀尽情地演奏。音乐从敞开的窗户飘出去，湮没在城市的喧嚣中。

* * * * * *

多迪（Dodie）打开门。我蹲在她面前问："喂，小家伙，你妈妈在家吗？"她没有回答，只是盯着我，苍白的小脸显得很严肃。

希娅在房间里喊道："莱恩，请进。我正在给莱拉（Lila）喂饭。"乔伊（Joey）也走过来看着我。我低着头从他们中间挤了过去，以免弄脏衣服。

"不好意思，太乱了。这儿空间太小了。"我进去时，希娅咧着嘴笑了笑，"你知道吗，她刚睡着。"

我摸了摸莱拉的脸颊。

"你想喝什么自己去拿。"

"希娅，你想要什么？"

希娅摇摇头，轻轻地晃着莱拉。

"唐什么时候回来？"唐现在是伦敦交响乐团的独奏，他们正在欧洲巡演。希娅以前也在那个乐团。

"今晚。"希娅给我讲着有关莱拉的事，孩子们的声音和她的说话声混杂在一起，伴随着街道对面工厂里低沉的机器轰鸣声。

这个城市的声音似乎越来越大。

“托马斯想娶我。”

“谁？”希娅看着我，微微摇了摇头。

“我相信他是认真的。”

“我也相信他是认真的。”她又叹了口气。

“但是他不忠诚，他不是那种可以结婚的人，我也不是。”

“你可以结婚，然后继续做你自己。”希娅的表情乐观自信，声音听起来却犹疑不定。

“昨天我沿着河边走回家，想着他将来的样子。我可以回去和他在一起。他正忙着重新为他的新作《泰晤士河》上色，这是他的第四幅作品。”

“我的！”多迪跑进房间，乔伊紧追其后，试图从多迪手中抢过一辆木头小火车，但没有成功。他拽着多迪的裙子，多迪尖叫起来。希娅把多迪和她的火车安置在角落，又给了乔伊一块面包皮。

“乐队现在怎么样？”

“和以前一样，我们正在演奏柴可夫斯基的作品。”

“所以你又回到了那种日子。你的研究呢？”

“我正在读一本关于如何训练鸽子的书。非常恐怖。”我告诉希娅训练鸽子的方式：用食物和电击，“你知道我是怎么想的，在实验室里研究鸟类不仅是道德的沦丧，也是科学的扭曲，他们有着不同的行为习性，我小的时候家里的鸟比这种研究显示的鸟儿要聪明得多。”

“乔伊，别管你妹妹！”希娅说道。

我站起来。

“你想喝杯茶吗？”我去厨房烧上水，开始洗碗。充足的光线透过八角形窗玻璃照射在厨台上。

“莱恩，不要洗了。”希娅在客厅里喊道。我假装没有听见。

当我回到房间时，一切已风平浪静，乔伊在角落里玩火车，多迪正在装扮洋娃娃。希娅把莱拉放进摇篮里。我递给她一杯茶，温的，加了点牛奶，有一丝丝甜味，正合她的口味。

“你没搞卫生吧，莱恩？”

“你为什么认为我会那么做呢？”我歪着头迎着她的目光。

她笑了。“没有，我也不想做。等唐回到家时，我可以有一些喘息的机会。”

“你不怀念表演吗？”

她摇了摇头。“没时间了。”

莱拉哭了起来。

“你想抱她一会儿吗？”希娅摇晃着她，直到她平静下来，然后把她放在我怀里。

“有件事要告诉你，我们可能要移民加拿大了。唐想回去，他在那里也能找到工作。”

“真的吗？你觉得会成功吗？”

“那里太美了。”希娅的脸上充满梦幻的表情，“荒野。可以看到大片大片的原始森林和无数的野生动物。冬天会下很大的雪。”

我没有告诉希娅如果是为了这些，她完全可以去苏格兰。莱拉盯着我，我轻轻地唱歌给她听，唱的是一只胖胖的小老鼠第一次离开家的故事。她睡着了，几分钟后又醒过来，开始哭。

* * * * * *

“比莉！”斯托克代尔迅速打了个手势，乐队安静了下来。明天首演，他却一点也不开心。

“来吧，”我说，“让我们完整地排练一次。你自己也不知道到底想要什么，一会儿是琼的错，一会儿是比莉的错，一会儿又是其他人的错，可是是你的节奏不对。”

大家都惊奇地看着我。他们只知道承受斯托克代尔的坏脾气——这是不成文的规则——他是老板。之前就有传言说，单簧管演奏家萨莎（Sasha）曾顶撞过斯托克代尔，之后她就再也没找到工作。那是在我工作之前发生过的事，当然，这只是传言。沉默在乐队中蔓延，直到有人咳嗽了一声——普丽西拉，或者是其他大提琴手。

“所以，你知道的比我多？！也许你更应该放下小提琴站到我这儿。”

“我知道的并不比你多，但事实就是如此。”我的声音响亮又清晰，“你在弱拍和前几小节的开头太慢了，然后你又开始加速，这就是问题的症结所在。所以，你要么在开始时加快节奏，要么在第一小节结束后跟着我们的节奏。”

“继续。”斯托克代尔的脸慢慢变红了，握着指挥棒的手指泛白。

“我不想和你争吵，但我不是唯一这么想的人。”

“哦——是这样吗？！不止你一个。”他用指挥棒轻拍着另一只手的手掌，适时压住火气。

我回头瞥了一眼——没有人支持我，没有人与我对视——所有人都在等待这一切的结束。很好，让他们自己解决吧。“那么，我们现在继续吗？”

斯托克代尔在弱拍时比之前更快了，整首曲子的节奏太快了，而且结尾时声音太大了。很显然，大家紧张的神经需要释放。

“格温，”斯托克代尔说道，“你有空吗？”这时我正把小提琴放进琴盒。

琼转头走过，她也没有帮我说句话。

“我很抱歉在大家面前说了这些话。”我直视着斯托克代尔，他的脸色已恢复正常。

“所以他们都在议论这件事，是吗？”

“每个人都会谈论不同的事，有时是你。”

斯托克代尔猛地攥紧拳头。“在这里说闲话是一种不良习性！”

“这就是你要说的吗？”

“格温，这样看来，这完全是无事生非。我们要去酒吧了，既然你是这方面的专家，那就用那根指挥棒练习一下吧。”

* * * * * *

星期天，我沿着往常的路线往回走。泰晤士河的水声湮没了嘈杂声，风声把噪声挡了回去。我疾步走着，在车站，绅士们从我身边走过；在河边，遇见一日游的行人；小道上挤满了小孩，他们提着水桶和铲子往河边走。我停在了灰树林边，不能再往前走了，再走两三步，我就能看到那条船了。我坐在树桩上。一只喜鹊停在我面前，从地上衔起什么东西飞走了。几周前，我写了一篇评论别人有关喜鹊语言研究的文章——研究中他们与同类完全隔离，这也是实验的必然结果；然而喜鹊是群居动物，他们可以学会做很多事情。我的文章发表了，编辑写信询问我是否也在做科学研究。一位拄着拐杖的老人向我脱帽致意，我以前在这里见过他——他住在这个区的某个地方。我向他挥手示意，我要回去了。两只乌鸦停在离我不远的地方，他们好像正在有事商讨，而且不会相互隐瞒。我站起来，拍拍裙子上的灰尘，呼了一口气。一个女人叫着、笑着走过来，她青春洋溢，满头金发，比我高，比我苗条，托马斯挽着她的胳膊，他也笑着，满脸通红，在我离他很近时才看见我。

"莱恩，我以为……"他摇摇头，"我以为你，以为我们……"

年轻女孩看着他，问道："有什么问题吗？我应该离开吗？"

托马斯看着我。

"不用，"我说，"没什么事。"

我离开时，托马斯沉默着；我走到路尽头，转身看着他，他仍然在沉默——那个女孩在说话，然后举起了手。我离开了他们，向自己、向朝我走过来的人们点了点头，之后顺着小路向河岸走去。

回到家，我拿起小提琴，希望演奏会让我感觉好一点。我调好音，拉了几个音阶。但我仍然是一个在房间里好像拿着一根木头的女人。这种情况以前也发生过，我唯一能做的就是继续演奏，所以我也这么做了。但这种厌恶感一直存在，而且还在向不同的方向延伸，就像一棵树的枝叶从我的耳朵、嘴巴里蔓延出来。我走到书桌前拿起我的笔记本。大山雀会发出各种各样的警告，我现在已经确定了其中的三种——一种是给人类的，一种是给天上飞的大型鸟类的，还有一种是给地面上的动物的。当然还会有更多，但问题是他们的叫声存在巨大的个体差异。此外，他们叫声中的音符紧紧相连，几乎没有间隔，我总觉得人类在听鸟类啼鸣的时候错过了一些东西。我应该努力让自己的听辨技艺更娴熟，但是我不知道如何将它与小提琴演奏相结合。珍妮在楼梯下面按铃，又到茶歇时间了。我合上笔记本。如果不离开，我就只能看看笔记本的内容。

* * * * * *

希娅的叔叔在布莱顿附近有一间度假小屋，我可以花很少的钱在那里住上几个星期，在那里安静地写文章。斯托克代尔认为这是个好主意，因为我不用再担心钱的问题。威廉姆斯

（Williams）先生说那里是真正的乡村。小屋坐落在一片荒地上，毗邻丘陵，面朝大海，距离火车站步行半小时就到。自从那次在泰晤士河边相遇后，我就再也没有见过托马斯，之前我们也曾藕断丝连，现在在我离开前我想让他知道我要去哪里，我想知道事情究竟是怎么回事。大雾弥漫，我无法确定路线。这已经是这座城市被雾霾笼罩的第三天了，虽然有些东西没有消失，但它们被大雾笼罩着没法看清楚。我左转得早了，又退了回去，在下一条街，我不明白怎么会走错路。泰晤士河不停地流动——我只能看到河岸的边缘，灰色的，静止的，下面是柔软的河床，沙子洁白如云。小路上的砾石又湿又滑。我小心翼翼地站在跳板上敲了两下门。

"莱恩，很高兴见到你。"托马斯的声音充满着倦意，"喝咖啡吗？"

"嗯，喝一杯。多谢。我一会儿就走。"

厨房里堆着一堆脏盘子。我在矮木桌旁坐下，说："我要离开一段时间。"

"你要去哪里？"

托马斯看着我的时候，我能感觉到他的震惊。我哽咽了一下，说道："没有什么特定的地方，就只是离开。"

"对，你偶尔也该这样，你总是那么努力地工作。你什么时候回来？"他把咖啡放在我面前。我摇摇头。

"给你看看我的新系列作品好吗？"

我跟着托马斯走到船头。在第一幅画中，两只乌鸦在伦敦房屋上空飞翔。"他们在跳舞。"我说。从他们的黑色羽毛中可以看到不同的色彩。

托马斯热情地点了点头。“再看这一幅。”一只小乌鸦站在一棵榆树低处的树枝上，目不转睛地看着地面，准备去捕食。可以感受到他的那份专注是有形的。还有一幅作品：一只老乌鸦在雨中紧闭着眼睛，一群乌鸦围攻着侵略者，巢穴中的两只乌鸦遥望着远方。

“棒极了。”

“留下来。”

我转向托马斯，“我不想再待在这儿了，这里太吵，太脏。路对面的威洛斯（Willows）太太上星期死于肺炎；管弦乐队让我窒息——总是会有如出一辙的老掉牙的流言蜚语，谁跟谁有暧昧关系，谁和斯托克代尔吵架了，等等。”

“莱恩，你必须演奏。找一个新的乐队。”

“我想研究鸟类。我是认真的。”

“我认为做那种事情毫无必要。我并不是说它无趣，我是说时机还不成熟。在这方面你没有受过任何教育。”他看着我的眼神迷离了，他走过来，想抓住我的手臂。我没有屈服，我向后退了几步。

“对不起，我根本不是来喝咖啡的，我只是想跟你打声招呼。”

托马斯看着我，一直看着我。我穿上外套，打开门，消失在茫茫灰色中。

星星八

一直到二月底，秃头依然很虚弱，很显然他无法再哺育一窝雏鸟。他飞来向我讨要坚果，然后闭着眼睛，靠着我的膝盖休息，一直到我站起来他才飞走。数天以来，星星试图鼓励秃头帮她筑一个新巢，她不断从高处俯冲而下。几年前，秃头也是这样看着星星飞来飞去。大山雀经常模仿其他鸟的动作以此来鼓励同伴做事。但这次星星的鼓励毫无效果，于是她将注意力转向了皮图尔。几天后，星星又在秃头和皮图尔之间飞来飞去，直到有一天，秃头突然猛冲向她，自此以后，星星决定选择皮图尔。秃头发现了一个新的栖身之处——花园另一边的鸟巢。

和秃头之前的做法一样，皮图尔也想和星星在同一个鸟巢中共寝，但星星再次反对。然而，皮图尔是一个比秃头更有创意的歌手，他用不同的声调表达自己的不满。第一天晚上，他被星星赶出巢穴，几小时后才让他进门。当然，他的语言在那天也更丰富了。星星似乎很喜欢听皮图尔新发明的语言，皮图尔歌唱时她会探出头看着他，而皮图尔似乎也从歌唱中获得了乐趣——第一晚过后他知道星星最终会屈服。

秃头经常待在鸟巢，三月的时候，他的胃口刚稍有好转，单眼圈就诱惑他一起筑新巢。秃头心不在焉地装饰新巢，但已经无力去守护它，也无法照料雏鸟。单眼圈不得不独自照料雏鸟，秃头偶尔也会看看自己的孩子。

长在秃头喙上方的肿块又变大了，这些年来这个肿块一直折磨着他，他看起来两眼无神，无精打采。我知道他活不了多久了。

和往常一样，星星花费了九牛二虎之力才筑好了巢穴。她发现客厅摆放的波斯地毯上的线头是筑巢的最佳选择，于是用嘴衔着从毯子上啄下来的线头飞来飞去，忙着筑巢。我将毯子铺在过道上，这样她就可以从整张毯子上均匀地去撕扯线头，不至于只从边缘一角的某一小片区域啄取材料。

四月初，星星试图将另一对大山雀夫妇——达斯蒂（Dusty）和克鲁索（Cross）——赶出她所在的花园一角。达斯蒂和克鲁索更年长一些，去年他们在靠近小径的地方筑巢，但现在巢穴被别的鸟霸占了。花园里有足够的空间，我不明白星星为何要把他们赶走。星星态度坚决，而达斯蒂亦是如此。星星甚至在达斯蒂产卵后将她赶走，我决定干涉——达斯蒂和她都有权利享用花园，如果她靠近达斯蒂的巢穴，我就将她赶走。但我无法阻止星星，她也躲着我，在我不在的时候她会变得更加凶恶。她的策略很成功，达斯蒂最终失去耐心，她只好弃巢而去，在隔壁的花园找到了新家。星星如此执着的行为有点怪异，以往她能和其他鸟儿共享空间。

五月末，星星产的蛋孵化了，我才明白她为何要驱赶达斯蒂：那是个漫长、潮湿的冬天，没有足够的食物养活两巢鸟儿。我感到愧疚，最终意识到一点：大山雀比我更明白什么对他们更重要。

1937

我擦掉桌上的尘土，打开了我的行李箱。如果比莉、琼和希娅此刻看到我待在这样一间小木屋——只有一张床、一个手提煤油炉和一个仅能挂毛巾和衣物的衣柜——不知他们会怎么想。我脱掉外套，穿上渐变色的蓝色泳衣，走下狭窄的小道，穿过后花园来到了河边。河边盛开着罂粟、矢车菊和金凤花，河水清澈凉爽，我径直走到河中央，然后潜入水底。过了片刻，我探出头呼吸，继续向前游。我的头发像水草一样飘散在水里。我又潜入水底摸了摸河床，柔软的沙子在水中形成了一个个混浊的污块。我回到水面，仰浮在水里。太阳照进水中形成蜂窝状的水波在我的眼前闪耀。我闭上双眼，水波变成一个个散开的小圆圈和斑点。一声响动让我惊跳了一下，我睁开眼睛转身看了看，原来是一只鸭子。尽管这个地方很少有人涉足，她还是接纳了我的存在，似乎我在这里是自然而然的事，这就是她不怕我的原因。我咳嗽了一声，吓到了她。

“抱歉啦！”

在一棵柳树旁，我又没入水中，慢慢划着水向屋子的方向游去。只能在光线的变化上看出时间。

我在床上铺了两条浴巾，然后仰面躺下。火车行进的节奏依然在脑海中回荡：我的头脑中充满了各种声音，伦敦车站、拥挤的车厢里的人们——人们很少能意识到自己是多么健谈，说话的声音是多么大。昨晚我还在给市长演奏，今天早上我就跟孩子们道别了。可怜的小伯蒂（Bertie），头发上全是头皮屑，脸也是脏兮兮的。他才十一岁，但他的生活已经被安排好了：在工厂做工，然后娶妻、生子——八个、九个或许十个。莉娅（Leah）、珍妮特（Janet）和乔西（Josie）都已经在洗衣店工作了，每周都要工作好几天。我不能把自己想象为一个对孩子们而言是多么至关重要的人物，我所能做的就是给他们上音乐课，每周一小时，仅此而已。现在已经没人给这些孩子上音乐课了。比莉会接管我的工作，但她九月份以后才有时间。天气炎热，大概 30 度左右，身上的水分很快就蒸发了，我感到很凉快。我又开始咳嗽了，或许是感冒了。我坐了起来。床上方有一张巨大的蜘蛛网。夏天才刚开始，已经有很多蜘蛛了，我不知道这预示着什么。我又开始咳嗽了，应该喝口水。顶着酷热，我走进厨房，发现只有盘子没有水杯，只好打开水龙头喝水。随后我打开小提琴盒，坐在床沿开始调音弦。琴弦声打破了寂静，让我有强烈的存在感，琴声忧郁哀伤。拉完后，我把小提琴放回琴盒。或许还会再来一次。房子紧挨着河，深夜的灯光愈发清晰，之后又逐渐暗淡下来。当黑暗最终来临时，我的邻居——黑鹂们——还在歌唱。我太累了，但又无法入眠，于是就待在阳台。柳树湮没在黑暗中，天亮后又一棵棵出现，像哨兵一样。

* * * * * *

“比莉！”

“格温！”她一把抱住我，吻了一下我的脸颊，“这是怎么回事？你在信中说那是一间真正的木屋，但没想到如此简陋！你怎么能受得了？”

“我可以在这里练习小提琴，还可以游泳，这儿的空气真不错。”炙热使我反应迟钝，人显得无精打采，情绪低落。

“但你这里实在太远了。我走了将近半小时，路上只看到几头牛。你去购物时也要跋山涉水吧？”比莉叹了一口气，语气很夸张，擦了擦额头，又在裙裤上擦了擦手。

“威廉姆斯先生把他的自行车借给我了。”

她摇了摇头。“好吧，这儿很适合你，你喜欢离群索居。”

“想去游泳吗？你带泳衣了吧？或者我们出去走走？就走一小段路，然后就到开阔的丘陵地带了。昨天我在那儿看到了棕柳莺、白颊鸟、红尾鸲还有金翅雀。”

比莉坐下来脱掉鞋子。“多谢，不去了。我已经走了好多路了。喝一杯怎么样？”她用手拨弄了一下头发。

“现在都下午一点了！”

“我在度假啊！”说着她把双腿朝着门的方向伸直。

“我先沏杯茶吧。”

我在厨房一边沏茶一边问她管弦乐队的事情、她和未婚夫怎么样了……我探出头看着花园，看着远处起伏的丘陵。一只黑鹂落在窗台上，我叫他奥利（Ollie），因为他让我想起了姐姐奥丽芙。我丢给他一粒葡萄干。

比莉走过来站在门口冲我做了一个鬼脸，说：“啊，你在干什么？”

“他们在这里真的很乖。过去我们家里和房子周围也有一些鸟儿。”奥利叼着葡萄干掠过低垂的树枝快速飞向柳树。

“他们不会传播疾病吗？所有的鸟类都会携带细菌和虱子，前几天的报纸上说所有的鸟儿身上都有虱子，还有螨虫。好恶心。哦，稍等，我还给你带了一些东西。”比莉从包里拿出一个包裹，里面有一本女性杂志、一条巧克力、一瓶玛德拉白葡萄酒和一双袜子，“这是我和琼给你的礼物。”

我谢过她，随手翻了翻杂志。

“天哪！”她突然站起身来向后退了一步，身子略微向后仰，又努了努嘴。只见一只蜘蛛慢慢悠悠地爬过桌边。我让他爬上我的手，然后顺着我的手爬向外面的草地。比莉又坐下了，身体僵直，有点过了头。

“这些东西给你留下了深刻的印象吧！还喘不过气？呼吸一下新鲜空气放松放松？”

“好点了。”让她放松的不是空气，而是空间；不是空间，而是时间；不是时间，而是光线。

比莉告诉我斯托克代尔无论去哪里都要带上一个新来的名叫黛博拉（Deborah）的小提琴手。

“这才是他的做事风格。待会儿我们去游泳？”

“我认为琼和巴里在谈恋爱。”

“谁是巴里？”

“巴里·希顿（Barry Heaton）。你认识，就那个小号手。”

我对巴里的印象很模糊，只记得他的音色，没记住他的模样。他曾在乐队待过一阵，当时我还是乐队的新人，只知道他是一名出色的小号手。我不会刻意观察一个人，因为他所做的就是他的本职工作。

“你听到没？”我指着外面。

比莉摇了摇头。

“这是大山雀的叫声，他经常来我这里，我能从他的叫声中听出他来这儿的动机。”我模仿着大山雀的叫声，“实际上要比看起来更复杂，他先发出半音而后变成啭鸣。”

比莉皱了皱眉头，然后点了点头。

“他们的歌声千差万别，和伦敦的那些鸟儿的叫声不同。”我打开笔记本，让她看了看我记录的鸟鸣的音符片段。

“所以呢？”

“没人确切知道鸟儿们的叫声代表什么意思。有很多人研究他们的歌声，但主要集中在结构层面而不是意义层面。”

“我一直以为他们歌唱的目的只是为了赢得异性的青睐或保护领地，这一点和大多数男人一样。”她大笑道。

“我想他们的歌声所表达的含义远不止这些。”

比莉端起酒杯说道：“假期愉快！”

我把椅子搬出屋外，比莉跟我诉说她和未婚夫的事。我看到花儿轻轻地摇摆，于是向前走了几步，离她越来越远。一只鹅在远处嘎嘎地叫着。

* * * * * *

第二天，我溯溪而行，溪流向南经过我的木屋旁边流进池塘，被一道布满贝壳的堤坝与大海相隔。天空倒映在水中，水天一色。上个星期，牧场的一些马儿在此停留，他们的腿上长着一簇簇浓密的毛。摆脱了马具的束缚，他们在周围竞相追逐，还有的在地上打滚，其中一匹马一溜小跑跑进了池塘，另一匹马看着他，随后也跟着跑了下去。其余的马儿纷纷效仿，就像一群没有长大的小马驹一样。也许我再见到他们时他们可能在默默地拉着犁，强壮而有力。我联想到他们的生活，想到他们举止背后隐藏的欢乐。我坐在溪边的草丛中，野草的颜色很浅看起来灰突突的，环状三叶草浮在水面上一直延伸到对岸的沙地。两周后我必须回一趟伦敦。我不知道小提琴放在什么地方了。灌木丛中有什么东西在动，我尽可能保持不动，一只黄褐色的榛睡鼠从里面走了出来，我还没看清他的脸他就走开了。一只蜜蜂嗡嗡地叫着落在我的小腿肚上，他胖乎乎的小抓挠得我一阵发痒。灌木丛中出现了数不清的小鸟：麻雀、金翅雀、知更鸟，还有一只鹪鹩——他们看着我就像村民出门迎接新到的客人一样，然后这些鸟儿又继续忙各自的事。这片阳光明媚的土地不属于我们。我一动不动，这些鸟儿的行为就和我不在时一样。我在这儿十天学习到的鸟类知识比这些年在伦敦积累的鸟类知识还要多。因为人们总是忙于自以为重要的事，无法正确理解其他生物——而准确地描述鸟类的行为可以使我们从不同的角度看待一切。一只山鹬落在草丛中。水面倒映着白云。我依依不舍地离开这里走向堤坝。

* * * * * *

火车的过道里全是烟，我用脚摸索着前行，脚下滑了一下。我屏住呼吸，只需要再憋几秒钟而不是几分钟就可以走到车门口了。没有钥匙，我使劲反复敲着门，并大声喊叫，然后开始不停地咳嗽。有人开始大声尖叫，也开始拼命砸门。我轻轻吸了一口气，又呼出一口气，再吸一口气。但再也无法继续呼吸了。砰的一声，木门被打开了，传来一个男人的声音。终于呼吸到新鲜的空气了。我记不清当时动静到底有多大，但我对面的女人——穿着一双深蓝色的袜子，戴着一顶同样颜色的钟形女帽——正在看书，她抬头瞥了我一眼，流露出不悦的神情。我当时穿着邋遢。但我毫不在乎，朝她笑了笑。她噘了噘嘴，然后假装继续看书。她的丈夫正在欣赏风景，白色的胡须随着火车前行的节奏摆动，嘴里哼着歌。我从包里拿出我的黑色笔记本。婚礼十点开始，至少还要一小时才能到教堂。为了摆脱困倦，我开始给这对男女画素描。在到达黑衣修士车站后，我收起了笔记本。

这个城市用一场雨向我致敬。在穿过三条街道后我才意识到我穿的鞋子不适合这里的天气。我找到最近的公交车站等车，雨伞不小心碰到了一位匆匆赶路的男子。街道上灯光闪烁，湿漉漉的地面倒映出城市的另一面，画面时不时地被川流不息的车辆打破。远处传来机器的轰鸣声，一支军乐队一直在演奏。公交车里挤满了人，四周都是湿乎乎的衣服和头发，车厢里充斥着形形色色的人散发出的味道，人们在相互交谈。我在脑海中演奏了一段小提琴曲，用它掩盖周围的声音。

琼正站在教堂外的街道上抽烟，当我走近时她才认出我。她用一只胳膊拥抱我，另一只胳膊举着，手里拿着香烟。

“格温，见到你真高兴！”但她双眼中透露着一丝忧伤。

“巴里不在这里？”

她摇摇头，吐出了最后一口烟。

“他正在巴黎执行侦察任务，他们得预测所有的可能性。一起走吧。”她捻灭了烟头，挽着我的胳膊。我们曾经一度是挚友。

台阶是由大理石铺成的，下过雨后很滑，琼脚下一滑险些摔倒，我一把扶住她。她朝门口的人笑了笑，好像什么都没发生。

“你在小木屋的工作进展顺利吗？寂寞没让你发疯啊？！换做是我肯定会疯掉的。比莉说她肯定受不了。”

“我喜欢宁静的生活。”教堂里石头铺成的地面被人们踩得光溜溜的。

“我也喜欢安静的生活，但不是与世隔绝。”琼照了照随身携带的小镜子，用手梳了梳灰白的头发。

斯托克代尔挽着一个长腿女孩走了进来——她就像一只年轻的雌鹿，她大概就是黛博拉了。斯托克代尔朝我们挥了挥手，但并没有打算靠近我们。他身后站着乔伊——那名低音提琴手——他和以往一样脸色红润，埃米尔（Emilc）——那名低音管演奏员——正在和他交谈。埃米尔的声音又尖又高，似乎已超出了他的身体承受极限。人们彼此打着招呼，目光越过前面人的肩头想确认其他熟人是否已到达。也许是一个更重要的熟人。

我们坐在第三排靠过道的位置。我向左右座位上的人点头致意，然后悄悄地脱下鞋子，把脚伸进前排椅子下面，按摩了一下自己的双脚。那些木头椅子年代久远，还安装了放祷告书用的支架。我隔着袜子戳破了脚上的水泡，顿时感到一阵刺痛。琼正在和身边的男人交谈，他是比莉的一个叔叔。我开始咳嗽，脚指头传来一阵阵刺痛。起初我试图忽略自己咳嗽的事，随后思绪又被咳嗽打断。教堂里的风琴开始演奏。人们又继续谈论了几分钟，然后逐渐安静下来。比莉由父亲牵着手向前走来，她穿着一袭带花边的白色礼服，简单而不失优雅；戴着一顶白色的帽子，罩着一张面纱。我突然想到了小木屋屋顶流下的雨水，想到了放在屋里的东西，想到了奥利和其他黑鹂，它们早上飞进了屋子，落在桌上。

* * * * * *

站在雨中，我又恢复了正常呼吸。我现在明白了当初父亲为什么想住在威尔士，尽管他不适应乡下的生活。车厢里非常安静。我脱下鞋子，拿出本子开始做笔记。窗外，一轮红日就像一个红红的火球。

“莱恩！”一个人向我冲过来，吻着我然后紧紧抱着我。我的心怦怦直跳。

“托马斯。”

他又俯身吻了一下我的脸颊，坐在了我对面。“哎呀，真巧，今天我正想你呢。你去哪儿？”

“我要去苏塞克斯。”我告诉他有关小木屋的事，把它称为度假“豪宅”，并向他描述了那条河和野鸭，厨房里的黑鹂，野草，光线和漫长的白昼。我并未提及潜藏在我脑海中的原始欲望，它总是时不时地浮现。

“所以你就真的离开了。”托马斯的头发比以前更长了，人也比以前略瘦了点。

“唐纳（Donna）怎么样了？”我在问这个问题时并没有看着他，只是无意中从报纸上刊登的声明得知了情况。

“哦，她很好，她怀孕了。听我说，谁都没想到会这样。”他的脸转向我目光所在的方向，之后我们四目相对，“你还好吗？”

“与你无关。”我把目光转向窗外，看着等待我的那个世界。

“太迟了。我的生活已无法改变。”

我看着他。“哦，别难过。你的妻子正期待孩子的出生呢。”我的语气中一半是生气一半是嘲笑。

托马斯忽然放声大笑。“你说得太对了。对不起。毕竟我已经结婚了。或许你说得对，你说得对。”

“我去参加比莉的婚礼了。”

“她嫁给了杨克（Yank），对吧？一切都顺利吧？”

“一切顺利。婚礼在教堂举行，每个人都盛装出席。琼很难过，她看到斯多克代尔和新女友在一起。”我和托马斯之间感觉陌生而遥远。列车正在经过海沃德西斯（Haywards Heath），一排排的房子一棵棵树不断闪过。

“这种事情经常发生。”

“你幸福吗？”我的话就像一只笨重的船，在靠岸之前开始打转。

“满意。”他看着我说。

我们一路交谈，知道他将在伯杰斯希尔站（Burgess Hill）下车去看朋友。我看着他走进白色的小木屋车站。火车继续往前开，透过车窗能看到田野里成群的牛羊、长得歪歪扭扭的树木，还可以看到瓦尔维尔斯菲尔德（Wivelsfeild）的风貌。天空由红色变成淡紫色，然后变成深紫色，最后变成深蓝色。天穹就像一张缀满星星的地毯，窗外的光线透过车窗上帘子的缝隙照进车厢。

* * * * * *

我给小提琴调了调音，我们正在演奏拉赫玛尼诺夫的《第二交响曲》，斯托克代尔对它做了修改，删减了篇幅。我擦掉琴弦上的松香。大家看到我很高兴，就像我已离开三个月而不是三个星期。

“指挥！”

斯托克代尔抬头看了看我，有点懊恼，他的手上正拿着曲谱。

“能和您说句话吗？”

“演奏结束后再说可以吗？”

我点了点头，他没有看见，已经转过头去了。

普丽西拉打开了窗户，她行动迟缓，就像一个老太太。房间里的味道、晚夏的味道、远处人们说话的声音、刺耳的弦乐器声以及城市的喧嚣声混杂在一起。我打了个哈欠，开始找咖啡。从走廊我能看到休息室里面的情形：女士们穿着晚礼服，男士们穿着西装，女服务员穿梭其中，还有人在吞云吐雾。我对此毫无感觉——没有热情，甚至连那种因为害怕的紧张都没有。我的演奏水平和以往一样好，我有一种背叛自己的感觉。我和斯托克代尔一起离开。

“我想放弃演出。”大街上的树叶被风卷起形成一个旋涡。

“你已经说过这样的话了。总得有所取舍，但你会等演出季结束再离开对吧？”

我撇了他一眼，从他脸上的表情中看到了恼怒而不是我们曾在一起的时光留下的痕迹。

“如果你希望，我可以这样做。”

“我不希望你做任何事。但你已经签合同了。”斯托克代尔加快了步伐，后面走来两个人从我们中间穿过，他快步赶上黛博拉。我不知道他希望我做什么。

我小跑了几步赶上他和他并肩走。“但合同明年才到期。”

“我们得有充足的时间找到替代你的人。”

“我想早点离开。”

他问黛博拉是否愿意去酒吧。

“哈罗德（Harold），十分感谢你对我所做的一切，但现在已足够。如果我不在乐团你也不会有什么损失。”

“我们改日再谈。”他挽着黛博拉的胳膊，两人穿过马路。

琼赶上来和我一起走。“怎么样了？”

“我不想干了。”

很明显，她吃了一惊。“彻底放弃了？”

我们穿过马路，一辆公交车驶过时带起一股疾风。我越来越像一具行尸走肉。琼一直在向我提问，很显然她很高兴，因为我走后会留给她更多的发展空间：少了一个竞争者——我是资历最老的成员之一，也是最优秀的演奏者之一。风撕扯着我的衣服，吹在脸上让我清醒。我告诉她我打算去研究鸟类，并已经构想出了研究计划。

“好吧。”她皱了皱眉头，然后大笑起来。我知道她的意思就是我的想法不错。

风在夜间停了，就像某种东西屈服了，某种比我更容易被这个世界接纳的东西。

星星九

六月底，我试图把星星引诱回来。雏鸟们都飞走了，夏天正式拉开序幕，鸟儿们再次有时间干别的事了。星星对我视而不见，也不愿吃我给的花生。

她当初粗鲁地对待达斯蒂时我把她赶走了，很显然她对此依然耿耿于怀。一直到八月份，她才逐渐放下芥蒂，有好几次靠近我来吃花生。我又开始诱惑她，这次的方式是她感兴趣的数字游戏。有天早晨，我轻轻敲了敲靠近窗户的屏风，敲了三下。这让她很吃惊，因为我曾经用同样的声音把她从达斯蒂身边赶走。她立刻飞走了，大声鸣叫，似乎在责骂我。

我决定不再通过敲击的方式，而只用花生诱惑她。此后，她就逐渐接纳我了。我与她的友谊要比实验更重要，或许我们的关系会在来年更近一步。

九月某一个寒冷的早晨，她以自己的方式用喙敲击了四次窗框，之后我给了她一粒花生。

但此后当我向她提示数字时，她没有反应。次日清晨，我敲了五下，她猛地飞向我，向我示威，然后落在窗边鸣叫着，似乎在责怪我。

1938

我对西奥·麦克莱弗（Theo McIver）说："我把它叫作鸟舍。"

"鸟儿很多。"他说。

我们坐在屋子里，空间不大不小，摆放着一张桌子和四把椅子，壁炉前放着一张沙发和一架钢琴，书架靠着厨房一侧的墙。西奥刚领我看过卧室，卧室的窗户朝向果园；卫生间刚贴过瓷砖，猫脚浴缸看上去很好用；厨房前面有一个露台；花园很大，树木茂盛，树篱和草坪需要修剪，有足够的空间种菜。尽管我不知道这个想法是否会影响鸟儿们的生活。

"在过去的二十年中，我老爸把房子弄得破旧不堪，但给你的价格很优惠了。翻新需要花钱，但不会太多。"西奥用手梳了梳金色的卷发，咧嘴笑了。

"那是邻居？"

"多丽丝（Doris）住那儿，老太太是一个寡妇。"他指着左边一间不大的房子说道，"马路对面是亨德森（Hendersons）一家，就树林前面的那间小房子，他们人很好。邻居们离得足够远，不会打扰你。这个地方曾经是个农场，土地一直延伸到树篱那儿。但我母亲去世后，父亲把那块地卖掉了。”

丘陵的上空乌云密布，天色昏暗。

“要不今晚你住这儿吧。”

“不了，我喜欢住在周围有人的地方。走到村里需要十分钟。”

“一点没错。”他看了我一眼，一副扬扬自得的表情。

“你从来没这样卖过房子吧？”

他大笑起来。“这房子不需要费多大劲儿就能卖掉，人们很喜欢住这儿，土地的价格年年上涨，昨天还有一位先生寻找度假别墅，他真心想买，但我更愿意把它卖给想在此安家的人。”

我们又沿着刘易斯路走回南街。当我们走到他的杂货店所在的十字路口时，下起了倾盆大雨。西奥打开门，门铃叮叮当当地响了起来。

“来一杯茶？”

“好的，谢谢！”我擦掉前额上的雨水，跟着他穿过小商店走进柜台后的一个隔间。

“玛丽（Mary），这是格温德伦，她对我父亲的房子感兴趣。格温德伦，这是玛丽，我的妻子。”一位年轻的女人和我轻轻地握了握手，她的卷发几乎和西奥的一模一样。

“天气太糟糕了！我希望你们能及时回来。”她站了起来，我看见了她鼓鼓的肚子。

“头胎？”

西奥得意地点了点头。

“很美妙不是吗？你还没结婚？”他露出一丝好奇的表情，但随后为自己提出的疑问后悔了，“对不起啊，这些事情与我无关。”

“没什么，时机不对，结果出乎意料。”

“你还年轻。”

我摆了摆手，避开了这个话题。我已经不小了，这一点我们都心知肚明。

玛丽把一杯浓茶和一罐牛奶递给我，然后把收音机的音量调小。

我从碗里拿了一块糖。

“店里的生意还好吧？”

“一般。因为经济陷入低迷，人们手头缺钱。这就是为什么我们要在短时间内把房子卖掉的原因。”西奥问我能否在这个星期内做出决定，以便让他知道他是否再选择其他买主，我答应很快与他签合同。夫妻俩向我挥手道别，手拉着手走了，就像孩子那样。

次日清晨我到银行，在一个穿着脏裤子的男人身后排队。他从纸袋里倒出一堆硬币堆在柜台上，说着我听不懂的方言，离开时朝我眨了眨眼。

“请问有什么可以帮到您？”柜台后的男人长着一只鹰钩鼻，头发油乎乎的。

“我想从我的账户里取钱。”我把存折放在柜台上交给他。

他拿起来扫视了一眼，然后又放下。“我需要霍华德先生的签名。”

“霍华德先生不在了。”我笑道。

他把存折打开让我看。“是纽曼·霍华德先生开的户，所以我需要他的签名。”

“我父亲去年就去世了。”

“那你必须能证明这一点。你需要拿到死亡证明，再填写这些表格交给我们，这个过程大概需要六个星期。”

“我没那么多时间。”我用手指敲了敲柜台。

他耸了耸肩。

“求您了。”那个男人没理我，我气得握紧了拳头，随后又松开，“我能跟你们经理说几句话吗？”

“他不在。”

“那我等吧。”我坐在靠窗户的一把木椅上。那个男人走开了一会儿，然后又回来给排在我身后的老头办理业务。

我想到那栋房子，它对我再适合不过了。我又想到了父亲。

大约半小时后，一个矮个子男人过来找我。他把我领进一间办公室，里面飘着一缕缕残烟，房间里看起来蓝幽幽的，办公桌上堆满了文件。我向他解释了我遇到的麻烦。

“你为什么要如此急切地买那栋房子？”他点了一根雪茄烟问道。

我告诉他我打算研究鸟类。“那栋房子特别适合我做研究。我在那里看到好多鸟，它的位置极佳，我可以马上开始我的研究。”

“小时候我也是鸟类爱好者。但现在我的妻子不让我那样做了，她喜欢去剧院，你会理解妥协的重要性。”

“您能帮帮我吗？”

“我不敢打包票。但如果明天早上你能拿着证明过来我可以试一试。”

“太好了。”我由衷地感谢他。

离开时我朝柜台后面的那个男人笑了笑，他假装没看见我。

* * * * * *

西奥和他的一个朋友把沙发扛进房间，然后他们跌坐在沙发上。

“哎呀，”西奥说道，“现在可以喝杯茶啦。”

“我看看我有什么。”

我找到一罐茶，一些糖和几个杯子。房间比我印象中的要干净，但有一股发霉加尘土的味道，稍微有点热。

我朝房间里大声说：“我没有牛奶。”用自己真实的声音说话感觉真好。

“没关系。”他们异口同声地回答。

我摆上茶壶，情不自禁地哼起了小曲。

他们离开后我才注意到是木地板发出的味道，尘土沾在我的手指上。我从箱子里拿出衣服，把绘画纸和书放在原本属于西奥父亲的那张桌子上，把乐谱架放在窗户旁边的角落里。阳光从外面照了进来，从房间里我可以看到后面的花园：一棵低矮的苹果树、一棵高大的苹果树、欧楂，还有一片树篱。

我拿起笔记本走出房间，手绘了一张周围环境的地图。我用素描勾勒出花园的景象：一株树枝缠满常春藤的梨树、一棵榛子树和几棵橡树；西边有一棵苹果树、一丛醋栗和一棵老稠李树；屋前有一个小露台和两片草地、一棵山楂树和一个凉亭——这个地方最适合摆放鸟食台和供鸟儿们洗浴的东西；树篱上缠绕着密密麻麻的常春藤，边上有几棵苹果树、一棵李子树和一棵低矮的梨树——这儿有足够的果实，可以满足很多鸟儿的需要；花园周围是各种各样的树篱。现在是二月底，实验可以开始了。刮风的时候依然很冷，我走进房间穿上外套，搬了一把椅子，然后坐在露台上，椅子腿在圆溜溜的鹅卵石铺成的地面上晃动。左侧的树篱中有一只大山雀，之后我又看到另一只——或许是同一只，我不太确定——两只鸟的胸前都有显眼的条纹，他们都是雄鸟；在花园西边的苹果树上住着几只喜鹊；在李子树上栖息着班尾林鸽。树篱里传来沙沙的响声，透过窗台下的蛛网可以看到一道彩虹。

“格温，你在吗？”西奥站在门口，他咧着嘴笑了笑，手里拿着一个购物袋，“玛丽让我给你送一些生活用品，因为商店要关门了，我们不能让你喝茶的时候没有牛奶。”

“你们太好了！”我走到门口，尽量避开水坑，接过袋子。

他看了看我手里的笔记本问道：“你在忙什么？”

我给他看了看我画的素描。“我要研究栖息在这里的鸟儿。”

他看着那些代表树木的不规则的圈说道：“我的父亲也是一名鸟类爱好者。春天来临的时候，我们经常能捡到几只从鸟巢掉落或被猫抓住的大山雀和黑鹂的雏鸟。”

他吹了个口哨。“你这个主意不错。这儿有很多鸟儿，他们可以肆意妄为。我父亲还健在的时候，有一只大山雀直接飞到了厨房。但你打算怎么研究呢？”

“还不确定。最重要的是赢得他们的信任。最近有很多人在研究鸟类的智力，但仅限于实验室，被关在笼子里的鸟儿的行为和自由飞翔的鸟儿的行为迥然不同。他们会很紧张。”一只鸽子落在苹果树上，“我想搞清楚鸟儿自由自在的时候行为到底是什么样的，然后记录下他们的鸣叫声。”我希望自己能够成功——我对鸟叫声更敏感了，但他们的叫声很短促，我不知道这里是否有足够的鸟儿供我进行认真的研究。

“对大多数动物来说，信任来自食物。”西奥拍了拍自己的肚子，或许想形象地阐明自己的观点。

我让他代我谢谢玛丽。在厨房里，我仔细检查了一下袋子里的东西：牛奶、面包、奶酪、苹果、土豆和黄油。我往盘子里捻了些面包屑，然后加了一点黄油，随后将盘子放在宽敞的窗台上。几乎在同时，一只大山雀飞了过来，随后又飞来一只。这时一只喜鹊飞来大声尖叫着，想把大山雀赶走。我挥了挥胳膊想把喜鹊赶走，但这一举动吓跑了所有的鸟儿。我必须想出一个解决办法。我需要给他们搭建鸟巢，或许我自己就能做一些，用废旧的箱子或其他容器就可以。有一只大山雀又飞了回来，他在盘子里搜寻最后的一点面包屑，吃完后又落在窗台上，用一双明亮的小眼睛看着我。我对他说道：“你好呀。”

* * * * * *

一只体型较小的鸟儿也飞过来了，他的眼睛旁边长着一道黑纹，闪闪发亮，甚至比他圆溜溜的眼珠还要黑。他的双颊是白色的，往下又是黑色的，喙的周围显现条纹状，从胸口向下延伸。还有一只黄色的小鸟，长着黑灰色的爪子，翅膀的颜色是黑蓝色的，会随着光线变化——托马斯很擅长画这些。另外一只小鸟长着蓝白黑相间的尾羽，在飞行的时候翅膀的颜色是浅灰色的，又微微发蓝，飞行时可以看到尾羽上的条纹，后背的上半部分是黄绿色的，翅膀下面是蓝色的，带有白色的亮斑。我手拿笔记本坐在橡树荫下。树篱中的大山雀小声啼鸣，一直重复同样的声调。

邮递员用胳膊推开门。

“早上好！霍华德小姐。”他说话的声音很大，似乎是想套近乎，拉近我们之间的距离，“有您的包裹。”

大山雀早都飞走了。

“以后能否请您把我的包裹放在邮箱里？在这条坡道的高处。”

我的话可能激怒了他。“麦克莱弗先生对我的服务很满意。您要知道，如果我把它们放到邮箱里，可能会被无赖偷走或者损毁。我建议您不要这样做，但如果您不想和我有私人接触，就按您的意见办，客户第一。”

“抱歉！因为我在研究鸟类。我试图赢得他们的信任。”我让他看了看我的笔记本和画的图，然后向他解释我的计划。他没再多想，对我大费周折地向他解释的举动表示感激。

“好的，那我以后就把包裹放到您的邮箱。但我给您送包裹的时候能否让我告知您？我可以给您发一个小小的暗号。”他动了动手指，表示“一个小小的暗号”。

“不用了，谢谢您，多谢您的理解。我会在我的邮箱上贴上标记，就在路边。”他离开后我就做了几块标志牌：在木板上喷上字，两个放在花园门口，一个放在邮箱旁边，一个放在路边。这些标志牌应该足够了。油漆干了之后，我用铁丝把它们挂了起来，最后一块挂在了坡道的高处。

“所以你不愿意会见访客？”西奥递给我一个棕色的纸袋子问道，“玛丽烤了一些面包，我俩吃不完。”因为爬坡的缘故，他说话时稍微有点气喘。

“没有，我很喜欢客人来访，但鸟儿们太敏感了。”

“哦，他们还是害怕你。”

“当然，你例外。很欢迎你来，只要你的动静再小一点，走路再轻一点，不要喊叫，或许他们就会适应你。”

西奥大笑起来，“哦，天哪，当然我不想笑出声。”他走的时候笑声更大了，我也情不自禁地笑出声来。

我把面包放在厨房的台面上，给水壶接满水。窗外有一只鸟吱吱尖叫。一只蓝冠山雀落在前窗看着我，她的鸣叫声非常响亮，我隔着窗户都能听见。我走出门，发现她正在门口等我。她飞向树篱旁的老橡树，又飞回来，又飞回去，最后又飞回来。我加快脚步。在橡树下，我看到了她的伴侣，他看起来焦躁不安，在树篱附近来来回回疾飞，雌鸟也附身向下。我跪在地上看到残缺的巢穴，有十二只鸟蛋散落在巢箱附近。巢箱完好无损，我想可能是猫用爪子把巢箱里的鸟巢扒了出来——这说明我必须确保供鸟筑巢的箱子的深度得超过 15 厘米。我打开小箱子，然后把他们用来筑巢的材料放回去——先是一些碎纸壳，然后是苔藓和马鬃，再小心翼翼地把鸟蛋放回箱子深处，确保他们在安全的位置。等我完成这一切，雌鸟立刻飞进箱子把鸟蛋转移到盒子中央。雄鸟飞走了，但很快又飞了回来，嘴里叼着一只蜈蚣。我站在原地观察他们，两只鸟儿已经忽略了我的存在。忽然我的手指一阵刺痛，他们在向我寻求帮助。真是难以置信。

* * * * * *

草坪刚修剪过，灯光照得很低，呈现出一幅晚夏景象。历经几个炎热无风的星期后，终于等到了习习微风，空气中开始弥漫着秋天的气息。我给花园中需要筑巢的鸟儿列了一个清单，并记下过去一年中哪些鸟儿在哪里筑巢。黑鹂的巢在常春藤里，麻雀（两对）的巢在树篱中，大山雀的巢在不同的树上都有。我沿着这些鸟巢走了一圈，仔细检查了一遍以确保没有遗漏。我给常见的鸟儿起了名字，但依然会混淆。但只要他们在某个地方待的时间足够长，我就能将他们区分开来。他们的斑纹和颜色稍有不同，都有自己的行为方式，对外界的反应也不尽相同。有些鸟的鸣叫声尖锐刺耳，有些鸟行动敏捷，有些鸟则几乎融入周围的环境。我开始通过他们的歌声识别他们，既通过曲调也通过声音。在伦敦，我以群体为单位去了解他们——公园里有一只我认识的大山雀，靠近托马斯船屋的树上也有一对大山雀，但我不知道他们个体间的差异竟如此之大。观察需要时间，但在伦敦让我分神的事太多了。西奥也为我制作了一个鸟食台。每天早上六点半，当露水还未散尽时，我就已经为他们准备了一盘食物。毕利——一只年老的雄性大山雀——总是第一个飞来，他非常勇敢，几乎能把我手捧的食物吃光。他飞到我的手上，然后迅速吃了一口又飞走，去了别的地方。他的妻子非常羞怯，我给她起名叫格林妮，因为她背部羽毛的颜色要比同类其他鸟儿的颜色更绿。她一般不靠近我，除非毕利也在。我走动的时候她就会飞走。

我经过树篱走向山顶去寻找那儿的鸟巢。房子后面的草丛中有四只灰褐色的兔子，他们一动不动地看见我。绿油油的树篱中有几片棕色的叶子。到处都是绿绿的草地，似乎没有尽头。我一直走到树篱尽头，亨德森的家将小径一分为二。我选择更远的路下到山的另一边。在屋后的墓地中我被树根绊倒，脸朝下重重摔倒，笔记本从身上滑落掉进水坑，我立刻捞起来，但做了笔记的那几页已经粘在一起。我在地上坐了几分钟，或许像我这样研究鸟类是个愚蠢的想法，那些花了数年时间研究鸟类的科学家比我读的资料要多得多——或许我错过了重要的细节，让自己成为笑柄——如果我把蓝冠山雀向我求助的事写下来，他们肯定会因我的拟人化写法而指责我，我相信一定会是这样。我站起身来，弹掉沾在红裙子上的泥土。一只灰松鼠从我屋前的树篱中跑了出来，他长着银灰色的尾巴。他看了我一会儿，然后奔向低处。我挥了挥胳膊，他惊慌逃窜，又跑回黑暗的树篱丛中。如果不尝试，我永远不知道这些。

* * * * * *

冬至那天的傍晚，我在红色的邮箱中发现两张圣诞贺卡，一张来自姐姐奥丽芙，同时也带来了妈妈和杜德利的问候；另一张来自身在加拿大的希娅。我把它们放在桌子上。我忘了给他们寄贺卡，最近太忙了。大山雀开始进入我的房间，这是我通过多次实践调整策略后取得的成果。我每天都必须打扫房间，把自己的贵重物品都搬走给他们让道。我把毯子铺在沙发上，每周洗一次。或许我不应该用沙发——可以找一把木长椅铺上垫子代替沙发。天气更冷了，让人难以忍受。白天我打开厨房的窗户和卧室的天窗方便鸟儿们进出。今天下午，我坐在靠窗的木椅上研究鸟儿们在冬天选择的天然食物类型，但即使我多穿了一件套头衫，膝盖上盖了一块毛毯，依然感觉寒冷难耐。秋天阴雨连绵，雨水飘进屋子，铺上一块塑料布是唯一能防止窗台被泡坏的办法。

鸟儿们不仅适应了房子里的生活，也适应了我。起初，只要我动一动他们就会立刻飞离屋子，但现在他们会很留意我的肢体动作传达给他们的信息：如果我轻微地动一下，他们就待在原地不动——这也是他们让我调整自己行为的方式。我突然的动作或者意料之外的噪声都会使他们受到惊吓，譬如电话铃声或门铃声。8 只大山雀是一个特殊的群体，他们经常来拜访我，非常可爱；而麻雀们性格专横易怒，只要有一丁点儿机会，他们就会驱赶其他鸟类；蓝冠山雀要比大山雀更害羞，他们常常不让别人看到自己；黑鹂偶尔来访，但只专注自己的事；到目前为止，知更鸟落在窗台上便止步不前。上个星期，一只体型较大的雄性大山雀来到花园，他的一只爪子不见了，似乎被什么东西夹断了。我把他叫作“踮脚行者”（Tiptoe）。他从来都是一副不慌不忙的样子，今天早上我写东西的时候，他飞进来落在我的手上待了一会儿，用爪子挠了挠自己，我的手无法一直保持不动，所以我动了一下，他就飞走了。

我走到钢琴边弹奏了几个音符，昨天我听到其中一只黑鹂在重复“巴赫乐旨”式的曲调。后门突然被风吹开，然后砰的一声又关上了，堆在桌上的最上面的几张纸被风吹落在地上，那些纸记录了鸟儿们鸣叫的音符。我起身去锁门，看到一个身影行走在小路上。

“谁在那里？”无人应答。

风更大了，之前被吹得摇摇晃晃的树枝现在咯吱作响。我不知道动物们都在什么地方，他们又如何应对这种恶劣天气。我知之甚少。格林妮昨天根本没出现，我担心她出事，但今天她和往常一样又飞来了。有时候我感觉永远无法理解鸟儿们的行为，自己始终是一个门外汉。风从木门底下以及窗框的缝隙间吹进屋子，我们能感受到彼此的“呼吸”。我用手指敲着桌子，决定再喝一杯茶，毕竟无法在这种天气中入眠。玫瑰丛里的花儿被风吹得几乎平贴着地面，树枝乱舞，鸟食台被风吹走，风声盖过了哗哗的雨声。

一道闪电过后是一阵沉寂，接着便是一个炸雷。我把绿色的椅子搬到窗户边，大雨形成了一幕灰色的雨帘阻挡了我的视线，我只能看到一幅狂乱舞动的景象，时间也好像深陷其中。灰色给夜晚赋予了独有的情状，“evening”这个词似乎使夜晚成为一个特殊的事物，每一个夜晚都互不相同，今晚尤其如此。苹果树被风吹得歪歪扭扭，噼啪作响，但我看不清树枝是否被吹断了。雨在窗户前形成了一道帘幕，我仿佛穿行其中，走进花园，走进黑暗，走向未来，被周围比自己强大的东西裹挟其中。这是所有神秘主义者的梦想。

次日清晨，我对损失做了一个评估：房子东边橡树的一根粗大树枝被风吹折了，树篱旁的苹果树也是如此，而其余的树只有一些细枝被折断。鸟儿们很安静，但比平时少了几只。我不知道他们是否飞走去躲避风暴，也不知道他们能去哪里。我两次把食物放在鸟食台，因为还有些鸟儿依然在这里——他们当然需要额外的能量来源。两只陌生的鸟儿也飞来了——一只知更鸟，一只画眉，或许他们是被风吹到这儿来的。画眉一直保持一定距离，而知更鸟看到同类的举动后也飞到鸟食台。鸟儿们常常如此，经常观察同类的行为然后确认是否安全，是否应该走得更近。我动了动我的手，知更鸟双足蹦跳着走向旁边，然后又回来。他的年龄似乎比别的知更鸟大。天空湛蓝，夜晚的压抑感已荡然无存，让人感觉很轻松。我走进房间，现在该和面了，否则下午就无法准备好面包。

星星十

十月，星星又飞来了，落在窗台上，她的姿态表明她还想做数字游戏。我正在跟加斯通电话。“稍等片刻。”

我敲击了五下，然后把听筒靠近窗台，星星用喙敲击了五次作为回应。加斯听到她的敲击声十分兴奋。在随后的几周里，星星和我继续练习，实验取得了巨大进步。星星在用喙敲击的时候从来不看我，我确信她只是对我的声音做出反应，我没有给她任何肢体动作的暗示。

十一月，我试图让其他大山雀也对数字游戏感兴趣。美人——星星和秃头的儿子——喜欢啄灯罩。一个宁静的下午，我用铅笔敲了几下灯罩，他没有明白我的意思，我敲击时他飞走了。我停下来后他又很快飞回来向我讨要坚果。之后我又拿单眼圈做实验，她确实也会跟着用喙敲击，但用喙敲击的次数没有一次是正确的。她一般会用喙敲击四下，然后就扬扬得意地走过来讨要坚果。秃头死后，星星和单眼圈再也没有争吵过，但如果我忙于和其他鸟儿做数字游戏，单眼圈就会醋意大发，站在离我不远的地方迅速用喙敲击出正确的数字。

在《自然》（*Nature*）杂志上我读到一篇研究鸽子的文章，研究表明，鸽子会对人的语音指令做出回应。我决定拿星星做实验。有天早上，我对她说“四”，然后我敲了四下。她也用喙敲击了四下，我给了她一粒坚果。“四”，我又说了一次，她先看了我一会儿，犹豫了一下，然后屈身向前很快用喙敲击了四次。那天晚些时候，我们又重复了这个实验：首先我边说边敲，然后我只说不敲。她似乎很好地理解了游戏的要旨。之后的几周里，她以同样的方式学会了五、六、七、八。但数字九的实验没有成功，因为我敲击的速度不够快。对鸟儿们来说，他们感知到的时间流逝的速度要比人类所感知的更快，我缓慢的敲击让星星感到厌烦，在我敲到第八次的时候，她就跟着开始用喙敲击了。所以“八”以上的数字实验以失败告终，这就是那个冬天我们的工作。

1943

冬天即将来临之际，某个清晨，天色还未放亮，几个加拿大人的身影突然出现在雾霭中，如梦似幻，就像来自远古的人类。他们一行六人，包裹得很严实，头盔成了多余的装饰。走在最前面的那个家伙试图穿过树篱。

“嘿，嘿，等等。”我穿着拖鞋跑了出去，“你不能这样做。”

一个高个子男人走上前说：“我们正在训练，要穿过花园进入小镇，没法顾及里面的动物。”

这时，大山雀已经飞出树篱，落在我身上。男人半张着嘴盯着我，直到我向前迈了一步。

“哇！我已经在英国生活了好多年了，但不管在哪里，我从未见过野生鸟类有这样的行为。”

我告诉他栖息在这里的鸟儿们的情况，而且我正在研究他们的语言、习惯及个性。对于外界干扰，鸟类比人类更加敏感，因此我花了很多年才与他们建立了这种信任。在建立每一段亲密关系之前，信任都是优于一切的，包括友谊。如果没有背叛他，他对你的信任就会加深。

“所以这不是英国的习俗？你决定和这些鸟在一起生活？”他摘下头盔问道。

“是大山雀决定和我一起生活。”

补丁（Patch）朝我飞来，犹豫了一下，落在了我的头上。

“太棒了，我从没见过这么温顺的鸟。”他想靠过来看得更清楚一点，但是补丁飞走了，“听着，伙计们，我们需要改变计划，这虽然有点棘手，但是我们必须得这么做。”

然而这一行人远没有大山雀听话，带头的男人叫他们绕过花园，有个进入树篱的家伙被树枝缠住，带头的男人看了他一眼，示意他小心行事。这些人一开始活动鸟儿们就飞了起来，有的飞进栗树，有的飞进树篱，有的飞过田野。我听到那些人又嘀咕了一会儿，然后放声大笑，带头的男人用低沉的声音向他们解释着什么。

第二天下午，我看到坡道顶端的指示牌不见了，我想起今天早上看到的那些士兵，想必是他们带走了指示牌，现在他们有了纪念品——用可触可感的东西去充实他们的故事。现在那里没有指示牌了，也许这样更好，指示牌容易引起人们的注意，而鸟儿最需要的是安宁和平静。

* * * * * *

透过铁丝网和空中的薄雾，我抬头看到一队黑雁在天空中排成人字形。我轻轻敲开农舍的后门，向妇人解释了我的来意，尽可能礼貌地问她能否给我一些黄油。妇人摇了摇头，“对不起！”然后把一个土豆放进了盛水的锅里，又从她面前的袋子里拿出一个放在了桌子上。我向她表示感谢，转身离开。现在到处都没有黄油了，不只基默尔（Keymer）和韦斯特梅斯顿（Westmeston）没有，也许连克莱顿（Clayton）也没有了。我拜访过所有的农舍，但所有的东西都被士兵核查过数量之后拿走了。定量配给对我来说足够了，但是对于鸟儿来说远远不够。他们说今年冬天会很冷，去年我已经失去了很多山雀，今年我不能再失去他们了。我沿着布莱顿路一路南下，走到了克莱顿山。我真的很想去拜访最后一个农舍，但双脚已经酸痛难忍，而且如果从基默尔走回去，十点之前肯定到不了家。放眼望去，空旷的田野散发着忧郁的气息，光秃秃的篱笆将它隔成一块块的田地。昨天西奥说他应该入伍，尽管他可以免除兵役。

“天气预报说会下雨。”他整天都开着收音机，对于天气状况再清楚不过。

一辆吉普车从我身后开过来，我紧靠着树篱走给它让路。车子开过我身旁的时候，我看到车里面有四个士兵。这时司机停下车，然后倒车，发动机的声音越来越大。当车停在我身边时，司机探出了头。我没有停步，继续向前走，车辆缓慢行驶与我并行。

“需要搭车吗？”

“不了，谢谢。况且人已经满了，坐不下。”

后面的那些男人，不，算不上是男人，顶多是男孩，满脸痘痘、刚从学校毕业的男孩。

“他们会给你腾出位置的，小姐，我们会在营地给你做煎火腿。”后排的男孩们挤眉弄眼又哈哈大笑，互相用胳膊肘杵对方。

“对不起，伙计们。”

开车的男人耸了耸肩，“好吧，尊重你。”他的声音沙哑而生涩，低沉的声音盖过了发动机的声音。

他们四个都冲我挥手告别，像是外出郊游的孩子一般。我不由自主地向他们挥手道别，咧嘴一笑。突然，在路的另一边我看到了一只大鸟——苍鹰，这真让我难以置信。

上山的路泥泞不堪，一条小溪流过小路中央的砾石。我决定避开露出水面的大土块蹚水而过，希望我的鞋底够厚不至于让水灌入鞋中。一匹棕色的马在栅栏旁看着我，我冲他打了个招呼，然后又听到左边有一只斑点啄木鸟的声音，一只知更鸟在山楂树林里鸣叫。我走过的时候，一只鹡鸰飞了起来。在前面不远处的树林里，我听到了仓鸮的叫声，上周我在花园里还看到过一只仓鸮。今年天气并不暖和，没有足够的老鼠供他们食用。黄昏笼罩着树林，天空由蓝色变成蓝灰色，十分钟后又变成深蓝灰色。二十分钟后我走下山坡，天空变得更昏暗了，我跟着自己步伐的节奏机械地往前走。

远方的旗帜已经升起。我在大门口翻找邮箱的钥匙，终于在购物篮底部摸到了压在钱包下的钥匙。邮筒的锁已然生锈，我用钥匙捅了好一会儿才打开，里面有两封信。

“格温？”一个满脸胡须的高个子男人站在橡树旁。保罗。我已经有二十多年没见过他了，但我马上就认出了他。

* * * * * *

在通往房子的小路上，我走在保罗的前面。我的心跳得很厉害——如果他再走近一点，或许就会听到。他跟在我后面，亦步亦趋。

“你还好吗？”

他清了清嗓子说：“挺好的，只是太冷了。”远方隐约传来狐狸的叫声。

我双手颤抖着打开了房门，又转身打开了房间的灯。

“坐吧。”我指了指炉边的扶手椅，“我去泡壶茶，你想吃点什么吗？”

他在发抖，我拿起他的外套，又重又硬，沾满了泥土。他坐到椅子上盖上了毯子，我生起了炉火。

保罗微微一笑，凝视着火焰。我整理好客房的床并递给他一个热水瓶。皮图尔飞进来看了一眼，跟着我，从我的肩膀上飞到了装有日用品的亚麻袋上。

“你一定觉得很奇怪，”保罗说，“我突然站在你家门前。”他的目光呆滞而迟钝。我递给了他一杯茶，加了很多糖，还有一片放在盘子里的蛋糕。

“对不起，没有牛奶了，我把牛奶都换成了黄油，给山雀、知更鸟，还有偶尔飞来的几只麻雀做食物储备，牛奶不适合他们。”

“我是步行到这儿的，”他把蛋糕放进茶里，“你还在忙着照顾小鸟，是吗？”他两三口就把蛋糕吃完了。

“你得规矩点，你知道的，他们不喜欢陌生人。”

“你的小提琴呢？来吧，为疲惫的旅行者演奏一曲。”他的鞋子看起来湿漉漉的。

“把鞋子脱掉，我去给你拿双袜子。”我给他拿了一双袜子，又递给他一块面包、一块黄油，又给他添了一杯茶。他双脚通红，脚上满是疮口、水泡，溃烂的伤口和隆起的肿块红白相间——这是战争的缩影。他穿上袜子，把毯子拉开掖在胳膊下。

“格温，你真的成熟了不少！”

我笑了，“你也是。”

我给小提琴调音时，他闭上了眼睛。我为他演奏了一首轻音乐——萨蒂（Satie）的作品，让这个夜晚忧郁又清朗，但不至于太过悲伤。与此同时，浓雾笼罩着整栋房子，越来越浓，树木一棵棵隐于大雾中。大山雀已经回到了他们的巢中，丝毫没有被那个裹着毯子，只有呼吸、没有思考的男人打扰。我演奏的时候，大山雀飞进飞出，一直到夜幕降临、天空一片黑沉、外面一片寂静时才回巢。

第二天早上我醒来的时候保罗已经起床了。我听到有人走进厨房打开窗户：他在阳台。他又走进客厅开始生火，我必须阻止他，如果这样下去我们很快就没有木头了。

我走近他说：“保罗，我白天从来不生火，一旦用完了这些木头，我们就熬不过冬天了。”

“我会帮你劈柴。”他的声音听起来比以前更低沉、更温暖，或许时隔太久，记忆中他的声音已然模糊，我以前很喜欢他的声音。

保罗坐在扶手椅上，跳行（Hop）和蹦跶（Skip）落在灯台上观察他。

“他们并没有被驯服。”

“我已经很努力地在训练他们了，他们现在已经不害怕我了。”我把我的研究告诉他：我有时会为《户外与乡村旅行者》（*Out of Doors and Countrygoer*）和《乡下人》（*Countryman*）这两本以乡村生活为主要内容的杂志撰写有关鸟类生活的文章，我也想给某个正规的科学杂志撰写学术论文，但他们不把我的文章放在眼里。

“你呢？”保罗告诉我他参军了，在空运辅助队服役。他以前有过飞行经验，这个部队正需要有经验的飞行员来运送飞机，有时甚至被派往欧洲其他国家。他手头缺钱，又经常和女朋友闹矛盾，这个工作似乎非常适合他。一开始飞行顺利，但很危险，他们不断受到德国人的攻击，甚至在飞越英格兰上空时也是如此。但在一个漆黑的星期二晚上，他遇到了一个女孩，女孩有一双乌溜溜的大眼睛，穿一袭绿色的连衣裙，她那温柔的笑声让保罗难以自持。他和女孩一起回到了她父母的农场，一切很顺利。第二天早上，他在谷仓里醒来，发现谷仓里除了自己空无一人，他意识到自己错过了飞行任务。他的朋友西蒙（Simon）知道他邂逅了那个姑娘便替他去运送飞机了。不幸的是，飞机在海峡上空被击落了。保罗沉默了。跳行从台灯上俯冲到桌子上，在厚厚的绒线桌布上寻找面包屑。

“我无法阻止这一切的发生，当我到达基地的时候，我就被抓起来带到司令官面前。很显然，有人说我把情报传递给德国佬。当然，我立刻否认了，但是他们让我提供证据，每个人都知道无罪是很难证明的。我向他们讲述了发生在我和那个女孩身上的事，他们找到了那个女孩并审问她，但她矢口否认，我想她可能是害怕她的父亲，或者从一开始这就是个陷阱。”

“你为什么这么认为？”

“我不知道，就是觉得哪里不对劲儿。我以前从未错过任何一次飞行任务。”他用食指敲了敲椅子的扶手。

跳行在桌布上发现了什么东西，然后衔着它飞出了窗户。

“两周前，他们训练囚犯时发生了混战，我趁机逃脱了，躲到树林中的一个空木屋里。食物吃完以后我就开始了流浪生活。来找你之前，我想起了你的父亲，他一直待我很好。”父亲确实把保罗当作亲生儿子一样看待，甚至比对金斯利和杜德利都好。

“有人告诉我，你姐姐在照顾你妈妈和杜德利，他们住在布特莱萨特顿（Budleigh Salterton），对吧？”

我点了点头。“1936 年纽曼因肺炎去世。”好久没有想起父亲了，我掐了一下大腿。

“你哥哥呢？”

“一战后金斯利留在了法国，我们以为他在战斗中失踪了，结果在 1919 年收到他的来信，说他遇到了一个女孩并和她生了一个孩子。”

“原来他和我一样都从军了。”

母亲去法国看过金斯利一次，回来以后却对金斯利的事很少提及，只是说他有个贤惠的妻子和两个心爱的孩子，“心爱的”——母亲可能故意用这个词以表亲昵。

跳行又飞了进来，直接飞到了桌布上，像啄草坪一样啄着桌布。

“我还听说你一个人住在迪切宁，这里比德文郡（Devon）近得多，除了你再不会有第二个人知道我在这里。”

“所以你不是来找我的。”我只是开个玩笑，并不是在责备他。

“你让我把话说完。”我的话似乎冒犯了他，“我就是来找你的，以前我就觉得你很有魅力，很吸引我，但你太小了。我知道我不该和玛格丽特有那种风流韵事，那让你很伤心。”

“你想多了，我从没伤心过。”这让我想起那天在水塘边发生的事——炎热的天气、那只船以及我湿漉漉的内衣，“玛格丽特和她丈夫在法国生活多年了。”

“你结婚了吗？”

我摇了摇头。托马斯去年给我写了封信，说他很想我，那封信被我放在最上面的一格抽屉里。

蹦跶飞走了，跳行紧随其后，试图从最上面的窗户飞出去追上蹦跶，在即将撞上窗玻璃的一刻，他一个急转弯躲开了窗玻璃。桌上落了几根纤细的羽毛，我把它们捡起来和其他羽毛一起放在了抽屉里，扔掉真是可惜。

"那你有什么计划吗？"

"我想在这里再待一段时间，让自己喘口气。"他试探地看向我，"过段时间我会去北方，我有个朋友和他的父母一起生活在苏格兰。"

这哪里算是计划。

"一段时间是多久？"

"一周可以吗？"他想在我的脸上找到答案，"你觉得几天可以呢？"

"一周当然可以，但恐怕我没有足够的食物。"

他点了点头，尴尬地说："我会自行解决温饱问题。"

"你现在什么都做不了，先休息一会儿吧。帕特丽夏怎么样了？"

"她离婚了，现在住在伦敦，在一家小出版公司工作。"保罗说帕特丽夏现在和一个女人生活在一起，快乐多了，"我会代你向她问好。"

我把食物放在鸟食台上，吹了一声口哨，之所以这么做是因为鸟儿们在躲我。

"对不起。"我对星星说，一切似乎还和往常一样，就连空气都是轻松愉悦的，她落在了我的肩头，然后跳到我张开的手上衔走了花生。

那天下午打扫完房间后我去了奥尔福德（Alford）的农场，就在鸟舍后面那片田地的对面。我的靴子在潮湿的草地上留下了一串脚印，鞋底带着泥，一直走，越走越远。刚进大门，就看到了农场里的水槽和拖船。奥尔福德家有奶牛，如果奥尔福德太太不在家，我就可以买些黄油或者奶酪。大山雀跟着我，在我的头顶上飞来飞去。小迈克尔（little Michael）在屋前的沙坑里玩耍。

“你爸爸在家吗？”他点点头就跑进了农场去追逐大山雀，大山雀挥动着翅膀飞向了树篱。

“你好，格温，”老迈克尔（Michael Senior）的脸看起来更苍老了。

“你还好吗？”我问道。一群八哥整齐地随队形上下飞舞，时而分散，时而聚拢，时而盘旋。

他告诉我他的妻子已经病了一周了，医生明天会来给她看病。

“那你有充裕的食物吗？”

“食物不是问题。”他带我来到了牛棚，“请坐，你不会介意吧。”

奶牛的呼吸让我逐渐放松下来，感觉没那么冷了。“我们没有钱付给医生，总不能用优惠券支付吧。”

小迈克尔拿着一幅画走进牛棚，“这是一只大山雀！”

“画得真棒！”我看到纸上画着一个圆圈和一个三角形——那一定是喙，还有一对像小树枝一样的腿。当我把画还给他时，他慷慨地说送给我了。

“他总是在观察鸟儿。”老迈克尔说，“他非常喜欢燕子。”鸟儿们每年夏天都会在这里筑巢，可如今奥尔福德打算卖掉他的牛，那燕子还能来多久呢？

老迈克尔取了一块黄油，用牛皮纸包好递给我，“这是我仅有的黄油了。”

我不停地向他表达谢意，然后把黄油和画一起塞进我的包里。小迈克尔和我一起走出牛棚，当我伸出手臂时，大山雀从树篱上飞起来，落在了我的手臂和头顶。小迈克尔学着我的样子伸出手臂，但是大山雀并没有飞向他。他看起来有些沮丧，随即便装成一只鸟，越过大门，赶着羊群“飞”向田野，他挥舞着双臂向前奔跑，直到我们走到墓地，他又转了几圈。

“现在可以飞回家啦。”我说。

* * * * * *

夜深人静时，我和保罗面面相觑，然后他开始亲吻我的脸颊，我没有阻止他。

“莱恩。”他抓住了我的胳膊。我把身子往边上挪了挪，把他的手甩开了。

“来吧。”他牵起我的手往卧室走，打开了卧室的门。我笑着摇了摇头，又狠狠捏着他的手，之后转身走进了自己的卧室。

鸟儿们都已经睡着了。我摸了摸床单，有点潮湿，的确需要在卧室里生火了。我听到保罗进了客房，外面风很大，吹得树枝哗哗作响。客房的门又开了，我听到他去洗手间小便。我拉起床脚的毯子盖在身上，听着他的脚步声在走廊里响起，又静了下来，可是没听见开门的声音。外面开始下雨了，雨水滴滴答答轻轻敲打着窗玻璃，越下越大。我终于听到了开门声还有缓慢的脚步声以及吱吱作响的床声。窗边的树影透过窗帘映在天花板和毯子上。我拉紧毯子裹住自己，不由得捏紧床单，阴影笼罩着整个房间，我不知道还要多久才能入睡。

第二天早晨，罂粟（Poppy）扯着我的一缕头发把我弄醒了。我挥了挥手把他赶走，起身坐在床边。雨还在下，但天气比前几天好多了，太阳透过灰色的云层射出微弱的光芒。快十二月了，保罗仍没有动身的打算，也许他在苏格兰根本就没有朋友。跳行、蹦跶、多迪（Dodie）、其他大山雀和黑鹂都在等我，我为他们准备了食物，呼吸着清晨的空气。

保罗穿着我为他洗过的衣服，“我能留着这双袜子吗？”

“当然可以，我帮你再拿一双。等你到了那里，你会写信给我吗？”

他微笑着避开了我的目光。“我会的。”言语常常无法表达出它真正的意图。

跳行落在厨房的橱柜上，匆匆看了我一眼就飞走了。多迪也飞到橱柜上看了我一眼，又看了看保罗，然后，也飞走了。

“他们不习惯你在这里。”我说。

保罗转过身问道：“你在说谁？”

“鸟儿们，他们不习惯这里有其他人。”

“他们的歌声很优美。”

“是啊，其中几只尤其有天赋。比如说皮图尔就创作了属于他自己的歌，尽管他最喜欢的叫法是‘呲啾’，但他的歌声通常是很新颖的，而补丁只会唱最简单的歌。”

早晨起床之后，保罗已经做好了早餐，我们坐在一起吃饭，相对无言。松软的面包粘在了我的上颚上。我让他多吃一片面包，硬是给他的面包上抹了黄油，现在绝不能浪费黄油。大山雀飞来飞去，冬天来临之时他们总是不安分，只有在很冷的时候他们才会安静下来，在此之前，他们一直忙于储存过冬的食物。我给保罗切了些面包，并在桌子上放了些苹果和一块奶酪。其实他可以留下来和我生活在一起，但他已经悄悄地收拾好了背包。他面对窗户站着，背影在灯光的映衬下被拉长。我把食物递给他，告诉他在哪个农场可以买到牛奶并给了他几张优惠券。

“我还没帮你砍柴呢。”

“我自己可以。”我的声音很轻柔，但意图很明确。

我拥抱了他一下，然后打开了房门。当保罗沿着小路离开时，太阳冲破了云层放出光芒。风从南面吹来，我嗅到了大海的味道。保罗转过身来冲我挥了挥手，我突然改变了心意让他等等，他的脸上露出欣喜的神情。我跑到他的面前停了下来，轻轻地抚摸他的手臂，他的脸颊，然后依偎在他的怀里和他接吻。我多想请他留下来，让他和我一起走回家，虽然眼前的一切还不是很好，但是我相信会好起来的。但事实并非如此。

保罗又转过身来，冲我挥了挥手。我也向他挥手道别，然后转身走进了屋子，到厨房放下水壶，擦了擦泪水模糊的双眼，打开橱柜想拿出一个杯子，补丁却飞进橱柜，我挥了挥手把他赶了出去。我没有很用力，但这显然让他感到震惊。

“对不起，”我说，“对不起，小家伙。”

星星十一

春天即将来临之际，星星与皮图尔开始再次筑巢。但当雏鸟们三个星期大的时候，命运给了星星一击：皮图尔消失了，我再也没见过他。我想一定是邻居家的橘猫抓住了他。橘猫经常潜伏在巢穴附近的薰衣草丛中，饥肠辘辘地盯着雏鸟。于是星星只能独自照顾她的雏鸟，但是照料得很好。

皮图尔消失后，一只陌生的鸟闯进了星星的生活。星星已经为自己的孩子准备好了食物，可他的出现让她感到紧张。我尽我所能帮助星星，但没法一直看着陌生者。那只陌生鸟儿把花园里所有的大山雀都赶走了，又试图追求星星。他栖息在星星的巢箱外，总是唱着同样的三个音符，但星星假装没有注意到他。他用尽各种手段来吸引星星的注意，甚至模仿星星的叫声——一种独特的双音符叫声，结果星星再也没有那么叫过。最讨厌的是他吃掉了花园里很多的天然食物，如昆虫和种子。每次星星来找我，我都保证给她准备一些额外的食物，比如给她一粒花生，但是星星似乎更喜欢给她的孩子吃天然食物。

5月30日，有四只雏鸟第一次飞离了巢穴。第二天，其他三只雏鸟也飞离了巢穴。但他们还太小，飞不了多远，只能待在老橡树下的草丛里。星星寸步不离地守护着他们，有一只麻雀靠近雏鸟时，星星立刻把他赶走，麻雀吓得惊慌失措。就是要给他点颜色看看！那些讨厌的麻雀总以为自己是老大。然而，最小的一只大山雀还是没能存活下来。两天后，星星把剩下的小山雀带到了小路另一边的花园里，那里有很多地方可以做庇护所，也不会再被那只讨厌的陌生者纠缠，不过她还是会回来找我要吃的。

那年春天，我和星星的关系越来越亲密，她开始依赖我，也许是因为她失去了伴侣。秃头去年死了，现在只剩下单眼圈了，星星对她一直不友好。换羽季节从七月就开始了，星星还是不住在房子里，但经常白天来找我让我陪她。到了八月中旬，她的行为开始变得有点怪异，经常竖起全身的羽毛，看起来很生气的样子，好像要赶我走似的。我们从来没有在九月以前进行过数字实验，所以我没有意识到这和我们的实验有什么关系，直到有一天早上，她明确地摆出了想要敲击的姿势，我才知道她想要干什么。我终于明白她的意思了，我在木头上敲了两下，她马上兴奋地回应。

1944

“格温！”姐姐奥丽芙在站台上用力地冲我挥手，像是即将溺水时拼命呼救一样。

“见到你真好。”我拥抱了她一下，她脸上的皮肤皱皱巴巴的，像老太太的皮肤一样松弛，而且身上有一种异样的味道，她的金发几乎都白了，“你不舒服吗？”

她皱了皱眉头，“你为什么这么问？”她的手指紧紧抓住我的手腕。

“你太瘦了。”

“战争还没结束，格温。你太幸运了，你住的地方还能有食物吃。”

“我们很快就到家了。”从哈索克斯（Hassocks）车站走半小时就能到我家。

天空灰蒙蒙的，铁路旁的小路上结了薄冰，草在我们的脚下沙沙作响。我注意到奥丽芙左脚上的鞋的鞋底快掉了。

“你愿意穿我的鞋吗？”

“不用了，”我们走得不是很快，但她的声音微弱，上气不接下气，“这里的山丘真美啊。”

“如果有时间，我们可以去废弃的烽火台散散步。”那是一个废弃的瞭望哨，我不知道她能不能走上去。

她挽着我的胳膊，告诉我去年秋天下雨的时候杜德利得了肺炎，妈妈有时候不知道自己在哪里，也不记得她是谁。

“不过她不再喝酒了，这算是战争带来的‘好处’，战争的第一年还有足够的杜松子酒喝，但她喝起酒来就没有节制，杜松子酒喝完之后她就无酒可喝了，三年来她一直闷闷不乐。”

我笑了笑，“那你呢？你和蒂莫西怎么样了？”

“离开威尔士后，我们书信来往过一段时间。但1940年他和妻子搬到了曼彻斯特。他的妻子就是曼彻斯特人，她的父母早就希望她回去了，从那以后我们再也没有联系过。”奥丽芙泪眼模糊地说道。

“你想他吗？”一只陌生的黑鹂从榛树上飞过，她摇了摇头。

“现在有两个从伦敦逃出来的小女孩和我们住在一起，一个六岁，一个八岁。她们很可爱，但是很窘迫，来找我们的时候衣衫褴褛。当然，我们给她们买了新衣服。她们喜欢母鸡和花园里各种各样的鸟儿。不去学校的时候我经常带她们去花园散步，第一次看到鸟儿的时候她们竟然分不清麻雀和大山雀！她们也喜欢在海滩玩，甚至可以花上几小时去寻找蛤蜊和贝壳。”

我们路过了一片草地，那里有白头鹅在吃草，当我们靠近时，他们惊恐地飞了起来。每年都有很多白头鹅被猎杀，所以他们变得越来越胆小。

当我们到达教堂时，奥丽芙想和我一起爬山，教堂所在的小山上有一座古老的墓地，从那里可以看到刘易斯路和南街，甚至可以望到达斯（Downs）。

“夏天的时候燕子会在这里筑巢，燕子的雏鸟是我最喜欢的鸟——他们真的很有趣！”他们通过飞行了解世界，绘制自己眼中的大地，轻盈灵动。

“哇，从这儿能眺望到很远的地方。”奥丽芙呼吸有点急促。

我指着街对面的克里维斯的安妮大宅（Anne of Cleves House）给奥丽芙看，那是亨利八世在他们离婚时赐给安妮的。我们走下陡峭的台阶回到大路上开始往家走。我从奥丽芙手里接过手提箱，她的手冰凉冰凉的，整个人骨瘦如柴。奥丽芙觉得自己已经是个老女人了，其实我也是，保罗离开后，我就停经了。我们默默地走着，空气中有烟火的味道，也许有人在什么地方焚烧垃圾。在小屋对面的松树上发出沙沙作响的声音，我还记得上周在这里看到了一只秃鹰。

走进屋子我马上生了火，已是晚上，时值冬季。我把玛丽给我的蛋糕递给奥丽芙，她狼吞虎咽两三下就吃完了。

“一会儿还有面包和汤，这个蛋糕肯定不够吃。”

“比起我们在布特莱萨特顿的食物，这已经够多了。”奥丽芙吃完了最后一口，“父亲还在的话一定会喜欢你卧室里的这些巢箱。”以前奥丽芙总嫌鸟儿脏。她闭上眼睛，把脸转向温暖的炉火。

“去年年底，保罗在部队里遇到了麻烦，来我这里住过几天。后来他去北方找一个朋友，说到了以后会给我写信，可到现在依然杳无音讯。”

奥丽芙睁开了眼睛，不，应该是瞪大了眼睛，像探照灯一样扫过我的脸，不可置信地问我：“你难道没听说吗？”

“听说什么？”

“他是个叛徒，一月份就被逮捕关进了伦敦的监狱，之后就被处决了。”

我深吸了一口气。

“报纸上是这么说的。”

每个人都知道无罪是很难证明的，我的脑海里不断回响着保罗的这句话。我感觉脸很烫，身体其他部位仿佛失去了知觉。

奥丽芙碰了碰我的胳膊，“对不起，我不知道你们还有联系，不然我会早告诉你。”

跳行突然飞进了屋子，看到灯光后又立即飞了出去。鸟儿都不喜欢人造光。

他本来可以帮我劈柴，现在没有人知道有关他的任何事。我摇了摇头，感觉眼前的灯光变得模糊一片，火焰中的一块木头炸裂开了。

* * * * * *

奥尔福德家还是没有牛奶、黄油和奶酪。我和奥丽芙静静地沿着斯巴塔姆路（Spatham Road）往下一个农舍走。路边树木的叶子都掉落了，光秃秃的，树枝犹如粗大的线条伸向灰色的天空，看不见一只鸟。奥丽芙走路时肩膀微微前倾，低着头，像头疲惫的驴子。我们沿途看到树林、灌木丛和田野。远处天边的云几乎是黑色的，暴雨也许要不期而至了。

“不会下雨吧？”她的声音听起来有点沙哑。

“我也说不准。”

“你知道我要来看你，不是吗？为什么你不提前解决好这个问题呢？”

“我不懂你在说什么。”

她指着远处的农场，“这里有足够的食物吃吗？”

我告诉她这儿的食物几乎不够吃，我还得给鸟儿们找吃的。她狠狠地瞪了我一眼，就像去年夏天我遇到的那个泼妇的眼神，当时我无意中打扰了她。

“奥丽芙，你和妈妈还有杜德利生活在一起快乐吗？”

“这算什么问题？”她一动不动地站着，“对你来说，抛下别人是件很容易的事，但我可不是那种人。”

我没停下脚步，她走在我身后，“孩子过自己的生活不是再正常不过的事吗？”

“说得轻巧。”

“我从没抛弃过任何一个人。”

她又恶狠狠地瞪了我一眼，“你从来没看过我们，你离开后妈妈很难过，总得有人照顾杜德利。”

天色越来越暗，我不由得加快了脚步。奥丽芙走得太慢了，我转身抓住她的胳膊，“我们必须抓紧时间走快一点，离下一个农场还有一段路程呢。”

* * * * * *

清晨的露水打湿了草地，露珠滑过我的脚趾。我向坐在火车上的奥丽芙挥手道别，直到她从我的视野中消失。奥丽芙走了，穿着我最好的鞋子，还带走了两袋食物——我用了足足一天时间去农场和果园才找到的食物。希望奥丽芙带走的食物不至于让鸟儿们挨饿，接下来的几个月对他们来说会很艰难。一辆卡车从我身边驶过，司机鸣笛示意要载我一程，我挥手拒绝了他的好意。

他就是个叛徒，我把大衣领子竖起来捂住脸。什么苏格兰的朋友，都是骗人的，我知道他在骗我，所以他走的时候我也没有挽留他。他以前就骗过我，如果他告诉我真相，我会让他留下来。也许我应该去找找他故事里的女孩，顺便写封信给帕特丽夏，是弄清真相的时候了。

池塘边有两个男孩正在朝水里扔石头，他们看起来都不超过十岁。

“快停下来！”我快步走向他们。

小一点的那个孩子把帽檐扶起来问道：“怎么了，小姐？”

“你们应该为自己的行为感到羞愧，居然朝黑水鸡扔石头。”

“我们——我们只是在用石头打水漂。”大一点的那个孩子结巴着向我解释。

“如果你们两个不立刻停下来，我就去告诉你们的父母，到那个时候你们就会知道错了！”

“但我们没有朝鸟儿们扔石头。”

黑水鸡躲在池塘另一边的芦苇丛中，胆战心惊地看着我们。因为不确定那两个调皮的男孩是否已回家，走到路尽头时，我转身望向池塘，他们仍然在池塘边，看起来确实在打水漂。

我敲了敲商店的橱窗，挥了挥手。西奥招手让我进去。

“喝杯茶吗，格温。今天实在太冷了。你姐姐回家了吗？”他关掉收音机，他已经听了很久了。

“我刚把她送上火车。”

“坐这儿。”西奥的商店里空荡荡的，他送给奥丽芙一些橄榄皂、茶和面粉，真的是太慷慨了。如果不是奥丽芙急需这些物资的话，我想她一定会谢绝西奥的好意的。

我剪掉了手指甲旁的肉刺，人老了之后，指甲周围的皮肤都皴裂了。

“他们说德军已经损失了一半兵力，胜利只是时间问题。”

“那就好。我几乎买不到足够的黄油去喂鸟，没有黄油，我的研究就进行不下去。”我正在为《户外与乡村旅行者》和《乡下人》撰写关于鸟类智力的文章。

“格温，数百万人死在了这片土地上，死难者都是些普通老百姓，特别是无辜的孩子。我知道你的研究很重要，但这场战争比你的研究重要得多。”他倒了杯茶，往里面又加了糖和牛奶，抬起头看着我，“鸟儿们之前也是这么度过寒冬的，他们完全可以应付。”

我从茶碟上端起杯子，吹了吹，看着茶水冒起的热气缓缓消散。

“你怎么了，格温？”

“奥丽芙告诉我，我的一个朋友被处决了。很久以前我们是很要好的朋友，那时的他还是位诗人。而现在，他是人们口中的叛徒，简直无法想象。”

“战争对人的影响有时候很奇怪，”西奥耸耸肩，“现实生活也是如此，而且这样的事情时有发生，即便是我们中最善良的人。”

“当我还是个小姑娘的时候我就爱上了他，可他更喜欢我表姐。一个令我心碎的人。”

“你想再来一杯茶吗？”冬季里的一杯热茶总能暂时舒缓一下人们压抑的情绪。

我摇了摇头。“玛丽和孩子们怎么样？”

“琳达（Linda）有点咳嗽，而蒂米精力旺盛。”他笑着说道，“等冬天过去了，我就可以把玛丽和孩子们赶出房子，呼吸外面的新鲜空气了。”

我们聊天时，一只我不认识的麻雀落在了窗台上，啄着窗框旁堆积的枯叶——也许这里也生活着一些可爱的鸟儿。我告诉西奥，奥丽芙现在接替了父亲以前在家中扮演的角色，还有一些关于奥丽芙的其他事情。

“直到上周我才知道你还有个姐姐。但奇怪的是，你家里的其他人生活在一起，彼此依赖，而你却独自一人按照自己喜欢的方式生活。”

“奥丽芙不敢离开，”我把杯子推开，“她也不想让我回去。以前我妈妈总是把我的裙子做得很小，因为她喜欢纤细的我，我总觉得必须屏住呼吸才能穿上她给我做的衣服。”

傍晚时分，黄昏笼罩着大地。我穿上外套跟西奥道别，并让他代我向玛丽问好。保罗的事仍萦绕在我的脑海里，像幽灵一样挥之不去。

“永不言败，格温。”西奥冲我竖起大拇指说道。简单的一句话仿佛是寒冬里的暖阳，指引我前进，助我一臂之力，让我更有信心努力生活下去。凛冽的寒风让我不由得加快了脚步，我竖起衣领走进黑暗，走上小山丘，连周围的空气都笼罩在悲伤之中。

大山雀已经开始在家中筑巢了，这个寒冷的夜晚，我也想找点事情做。我拿起小提琴，想演奏一首有挑战性的巴托克的曲子，可我的手指却略显笨拙，我的身体像生锈的机器一般，我知道自己曾经谙熟于心的那些曲调并没有忘记，只是没有以前那么熟练了。失去意味着清楚自己已经一无所有，悲伤意味着明白希望已经黯晦消沉，我不清楚自己希望得到什么。

星星十二

十月的某天，星星落在绿色椅子扶手上向下张望，这是她想玩数字游戏的信号。我和她走到窗框边，轻轻敲了四下，她也模仿我用喙敲击了四下。第二天，当她准备开始玩数字游戏时，戴朵（Dado）也飞来了。戴朵和星星经常为房子西边那些树上的领地而争吵不休。戴朵有一个伴侣，叫普雷斯托（Presto）。依照鸟类世界的法则，她的地位要比没有伴侣的星星高。因此，戴朵有权将星星赶走——只要她愿意，任何时候都可以这样做。戴朵飞向落在窗台上的星星，然后飞向我，但我不会让她向我示威。我呼唤星星，她立刻飞了过来。我给了她一粒花生，然后她从窗户飞走了。半小时后，她又飞回来准备玩下一轮的数字游戏，她来来回回扇动着尾羽，显得焦躁不安，向落在另一扇门上的大山雀发出警告。她担心其他大山雀会阻止她做游戏。第二天，星星落在门外，我轻轻地敲了一下花园里长凳的扶手，她受了惊吓，快速飞走了。大山雀通过用喙敲击的方式驱赶其他的鸟儿，星星还未适应我在屋外的敲击声。以敲击为信号只是我实验的一部分，她并不希望把我也赶走。

十月的最后一个星期，大山雀又开始撕扯纸张，然后撕扯卧室的台灯罩，这一举动分散了星星的注意力。我们玩数字游戏的时间越来越短，而且经常被打断。她依然被戴朵困扰，此外还有一些无名的侵入者也飞来花园。一天下午，单眼圈飞来想看看我们究竟在做什么，星星发现她的到来之后非常恼怒，于是她敲了四次而不是五次。我给了单眼圈一粒花生，鼓励她飞出屋子。她真的飞走了。星星立刻想继续玩数字游戏。起初，如果我把花生先给别的鸟儿，她就会醋意大发。但现在，对她而言，数字游戏本身变得更重要。那年秋天，她对雄鸟不感兴趣，在做数字游戏时比以前更专注，她一看到我就想玩数字游戏。

1949

太阳透过薄雾洒下金色的光芒，田野无边无际，天空先是灰蒙蒙的，然后逐渐变得晴朗。今天早上，鸟儿们都姗姗来迟，七点半泰萨依然待在她栖息的巢箱里。一阵寒意袭来，我被冻得瑟瑟发抖。昨天我已经知道今天会有雾。但在几个月前，鸟儿们的行为就让我感觉诧异，譬如，他们开始全力以赴寻找食物。天开始下雨，一连持续下了三个星期。某天早上，他们都落在离屋子很近的地方，随后就是一场暴风雨。上个星期，我意识到天气开始变热了。或许我现在能更好地预测天气，因为我在这儿已经住了好久，这些技能都是从鸟儿们身上学到的。

星星飞到鸟食台，然后又落在我的肩头。我从围裙兜里拿出一粒花生喂给她，我想让她马上飞进来便于拍照。但是大山雀害怕陌生人，我告诉摄影师我无法保证他能成功抓拍。

我在鸟食台放了更多的食物以引诱他们——面包、培根、奶酪和葡萄干。

“你好！”罗杰（Roger）向我打招呼，他来自著名杂志《英国鸟类》（*BritishBirds*），相机塞在他饰有箭尾形图案的外套衣兜里，被雾气打湿了黑色的睫毛。

“我以为约瑟夫（Joseph）也会来。”

“他会迟点来，火车晚点了。我不想让你等。”他咧嘴笑了笑，“早晨更适合拍摄鸟儿们的生活，对吧？”

可爱的小鸟们。我笑了笑，尽量压制住烦躁情绪。

约瑟夫与众不同，也没那么虚伪。

“想喝杯茶吗？请坐。”我示意罗杰坐在桌旁。

落座前他先擦了擦椅子，说：“我已经和编辑团队谈过了，我们对你撰写的有关鸟类歌声的文章很感兴趣。随后的计划如下：我们先对你做一个专访，内容会在下周的杂志上刊发；然后再刊发你的八篇文章，作为一个系列。如果我们双方都满意，还可以继续拓展协议内容。”

我给他端了一杯茶。我所做的一切都是为了鸟儿，不能刺激他们而破坏整个研究。

“听起来不错。”他面带微笑。

我们讨论了投稿的最后期限和我的稿费问题。约瑟夫赶来了，他气喘吁吁，满脸通红，头发湿乎乎的。

“抱歉，雾太大，我迷路了，最后走到了你屋后的邻居家，我完全搞不清方向，她把我带到坡路的高处，我现在连左右都分不清了。来杯茶。很高兴见到你，格温德伦。你撰写的有关鸟类歌声多样性的文章很有价值，对我们影响深刻。抱歉，我啰啰唆唆说了这么多。太好了，最终还是找到了这里。”

蓝冠山雀飞进屋来，然后又飞走了，客人们都看到了这一切。他们首先问了一些有关大山雀的问题，我解释说，过了好几个星期这些鸟才意识到我不会伤害他们，然后才心甘情愿地飞进屋来。约瑟夫一边哼着小曲一边做笔记。

“那么你来此地的原因又是什么？”他用手拨开挡住眼睛的一缕头发。

“这很重要吗？”

“读者很好奇，想知道呢。”

“我一直对鸟类感兴趣。我父亲过去常常救助那些从鸟巢掉落的雏鸟，然后把他们带回家照料。我们甚至还驯化过一只乌鸦。”那只乌鸦叫查尔斯，或许他还活着吧？

约瑟夫继续提问。星星落在我的肩头，罗杰已经准备好了相机，抓拍了一张照片。

“瞧瞧，这是一只山雀。”罗杰叫了起来，手舞足蹈。星星看到后立刻飞走了。

“我想我们该结束了。”我说道。

罗杰站起身来，他走到我的床前，仔细观察挂镜线上我做的鸟舍，然后又拍了一张照片。我的卧室也成了鸟儿们的栖息之所。我看了看约瑟夫，他耸了耸肩。罗杰像刚才那样开始仔细检查房间的每一个角落。我很愤怒，气血上涌。

“他这样会吓走所有的鸟儿。”

“我以后再单独来，他没有意识到自己在做什么。”约瑟夫轻轻地拍了拍我的肩膀，“无论如何我们都该走啦，我明天还有两场采访。罗杰！”他朝过道方向喊了一声，“罗杰，你在哪里？”

过道上空无一人。罗杰站在厨房的水槽边，相机就像子弹上了膛的枪，随时都可以拍照。伯蒂落在窗帘杆上，已经被吓呆了。

“伯蒂，没事的。”我说道，“他马上就走。”我站在罗杰和鸟儿之间，“他害怕你。”

伯蒂非常依恋我，他是一只羞怯的小鸟，始终用警惕的目光看着周围的一切。

“坚持一下，我快拍到他了，只要再近一点点就好啦。”

“别再拍了，够了。”

罗杰从我身边走过，脸朝上举着相机，结果被椅子腿绊倒，笨重的身躯摔在椅子上。伯蒂受到惊吓后吱吱地尖叫着向后退，失足滑下窗帘杆，卡在窗帘杆和墙之间的缝隙中。

“你现在满意了？”为了避免更尴尬的局面，我语气平和地问道。我把罗杰推到一边，从厨房的壁柜里拿出梯子。待在那儿别动，小家伙，要不然会受伤。

“让这个人出去。”我对约瑟夫说道。

我爬上梯子，小心翼翼地抓住伯蒂，很幸运，他没有反抗。“来吧，小家伙。”他的双翅紧贴着身体，我用左手捧住他，右手摸了摸窗帘杆以搞清楚他到底被卡在什么地方，然后轻轻地往上推，手掌窝成杯状刚好托住鸟儿的身体但又不能用力。如果小鸟知道不能动，他们就会乖乖听话；如果他们感觉不到任何蛮力就不会反抗。罗杰还在拍照。我从梯子上下来后检查伯蒂的爪子，还好他没有受伤，翅膀也完好无损。他的心跳极快，发出轻柔的唧唧的叫声，之前我从来没有听到过这种叫声。我把他放进巢箱，他需要时间恢复。

“走开。”我对罗杰说，“我要在发表前看到照片。”

“没问题，格温。”约瑟夫答道。他咽了口唾沫，伸手去摸他的夹克。

我给他们开门时已经气得浑身发抖。这是我最后一次允许陌生人来访，最后一次。除了西奥、玛丽和加斯，其他人都不让进屋。

电话铃响了。我走进卧室，看不到一只鸟。

“我是加斯。格温，进展如何？”

“很糟糕。约瑟夫很好，但罗杰……自以为是的蠢猪。”我告诉加斯有关罗杰拍照和摔倒的事。

加斯怔了一下，然后放声大笑。

“很抱歉，我知道这件事让你很生气，对鸟儿们来说尤其如此，但我能想象得到。”他的笑声更大了，“你把他推在一边。”

我也情不自禁地放声大笑。罗杰那个愚蠢的家伙。

挂了电话，房间里一片沉寂——太安静了。我呼唤星星，然后呼唤秃头，但他们都没出现。邀请这些人进屋是一个错误的决定，虚荣心是我个人感兴趣的东西，对鸟儿们又有何用呢？我再次呼唤星星的名字。我只是想让人们了解鸟类，更好地理解鸟类的行为，更好地对待他们。几年来，花园中鸟儿的数量在减少。

由于不合理的园林设计，有些鸟类几乎灭绝了，而人类已掌握的有关鸟类的知识往往是错误的。但或许我只是在自欺欺人，或许这一切对鸟儿们毫无意义。

* * * * * *

朝霞一会儿变成玫瑰色，一会儿又变成红色。我在鸟食台放了一盘食物，然后进屋去取毛衫，早上依然很冷。我回来时，鸟儿们已经飞来飞去。他们都在这里：蓝冠山雀、单眼圈、秃头、星星、叮叮（Tinky）、醉汉（Tipsy）、捣蛋鬼（Teaser）和刚孵完最后一窝小鸟的皮图尔。远处还有单眼圈和叮叮的孩子，他们才刚长出羽毛。我坐在长凳上喝茶，叮叮落在我身边，那些刚长出羽毛的幼鸟在我头顶上飞来飞去。叮叮对着单眼圈唱了一段，但单眼圈充耳不闻，她在忙着进食。

"你好！"管道工来了，他体格消瘦，五十岁上下，穿着一条蓝色的工装裤。他提前到了。我把他领到厨房漏水的那个水龙头跟前，他很安静，干活时轻手轻脚，说话时声音柔和平缓——鸟儿们几乎没注意到他。

他走进客厅喝茶时，大山雀落在我身边。

"他们这么听话！不再是野生的了吧！或许你自己偷偷地孵蛋。"他挠了挠自己的秃头。

"他们知道没必要害怕我。"

醉汉落在我的肩头，管道工动了一下胳膊，他就飞走了。

"这才是应有的状态。"

“但我付出了很多心血。”我指着盖在沙发上的报纸、被鸟儿们啄破的窗帘以及钢琴上斑斑点点的痕迹，“我需要花一整天工夫才能清理干净。”

“或许他们不需要住在屋里，但看到这么和谐的情景真是一件美妙的事。”他轻轻地摸了一下桌子，木质优良，他起身继续干活。

我点了点头，坐着没动。这种研究相当耗费时间，不可能只集中精力研究单个的鸟儿，而且一般情况下他们的寿命也很短。

透过窗户，我看到叮叮和单眼圈一起待在鸟食台。叮叮竭力讨好单眼圈，使出浑身解数，一边用动作向单眼圈示好一边一展歌喉。单眼圈最初确实被他吸引了，但最终又转过身去。当叮叮再次飞入单眼圈的视线后，她毅然决然地飞向别处。

我从打字机上取下已经褪了色的红茶巾——不久前，我不小心把纸卷进了打字机。秃头站在键盘上，星星飞进来落在我的手上。

“快点，飞走吧。”我轻轻地甩了甩手，但并不想真的吓到她。星星飞了起来，然后落在桌子上看着我；秃头也飞起来，落在星星旁边。我朝秃头咂了咂嘴赶他走，以免他把我的键盘弄脏了。他跳了一下，歪着头看了我一会儿，然后从窗户飞走了。星星也跟着飞走了。

最新的文章首先讲述秃头、简（Jane）以及格雷（Grey）的第一次约会。几周以来，简和格雷为了争夺果园中苹果树上的巢箱“大打出手”，但近来他们又一起在那里筑巢，其中的缘由我无从得知。之前我从未遇到这种事，估计以后也不会遇到。简的伴侣在那个冬天死了，而格雷压根没有伴侣，那时候的秃头还是一只年轻强壮的大山雀，他想争夺简和格雷的领地以及她们的巢穴。他同时对简和格雷展开追求，最终他和简结成眷属。简的歌声优美，要比许多雄鸟的声音还好听——人们经常以为只有雄鸟的歌声才婉转动听。但那是一种偏见，雌鸟也能唱歌，而且她们的歌声富于变化，或许这就是秃头喜欢简的原因。然而，格雷并未放弃领地。整个夏天她都跟着简，如影随形。起初秃头和简对她的出现并不在意，但简开始孵卵时，她就把格雷从隔壁的巢箱里赶走。几天之内，格雷不得不给自己另筑新巢。新巢离简的巢穴不远，非常温馨，里面有从我的地毯上撕扯下来的五颜六色的线头。秃头开始去格雷的新家拜访，曾经一度他们三个和谐相处，在两只雌鸟孵育雏鸟时，秃头轮流去看她们，对她俩一视同仁。她们以同样的方式讨要食物：像雏鸟一样轻声鸣叫，抖动翅膀。五月初，简开始孵卵，此后秃头对格雷和她的巢穴便毫无兴趣。几天后，格雷也开始孵卵，当她急切地飞进隔壁简的巢穴时，简和秃头完全无视她的存在。在随后的几天里，格雷竭力想吸引秃头的注意，发出越来越长的悲鸣声，就像孩子在哭泣。五月中旬，格雷第一次飞来向我索要奶酪，随后的几天我帮她喂养雏鸟。如果看到简或秃头，格雷就会呼唤他们，但几乎不吃东西。几天以后的某个早晨，格雷没有到鸟食台进食，我发现她落在简和秃头的巢穴的那棵树的地上，只要简和秃头带着给雏鸟准备的食物飞过，她就设法吸引他们的注意力。她的叫声如此哀怨，行为如此怪异，我忐忑不安。她似乎彻底忘记了自己的孩子。那天下午，格雷死了，死于疲倦和悲伤，几个小时后，她的孩子也死了。

我把文章又读了一遍，尽管大多数读者对我早期撰写的几篇文章持肯定态度，但我还是听到了一些批评的声音。有些人认为我赋予了鸟类人的特征，但他们并不明白这些特征并不是人类特有的，鸟儿们也吵架，也能感受到爱，也会经历痛苦，我只是把自己的亲身经历写出来而已。或许我应该对格雷死于忧伤的故事和她怪异的举动浓墨重彩地描述一番，痛苦、怪异、极度紧张——没有一个词能像“panicky”那样让人感到惶恐若失。惊恐？我自己都觉得害怕——“惊恐”（panic）这个词对这样一个小小的生命来说是不是太大了？但它最能准确地描述我观察到的情形。我起身绕着桌子走了一圈。秃头飞了进来，落在打字机上。

“赶紧走吧。”我把纸抽出来，用一张茶巾盖住打字机，“秃头，你在想什么？你压根儿什么都没想？”秃头从窗口飞走了，头也不回，穿过树篱飞出花园。

* * * * * *

六篇文章发表的那天，罗杰给我打了个电话。

“格温，我们有个建议。”

皮图尔在撕扯我的袜子，我晃了晃脚让他离开。

“请讲。”

"你写一本书怎么样？"他的声音听起来很严肃。我动了动脚指头，但不起作用，我只好抬起脚向上蹬了一下。

"我可能没时间。"捣蛋鬼飞进来落在皮图尔旁边，跳上我的另一只脚，现在两只鸟都在撕扯我的袜子——或许袜子里的羊毛吸引了他们。我用手把他们赶走，明天我要去给他们买一些粉虫。

"我们会给你预支稿费。"

我用一只脚蹭了蹭另一只脚——他们飞起来又落下。

"走开。"我厉声说道。

"这是让你的研究公之于众的机会，你以完全不同的视角呈现鸟类的生活。你自己决定书的内容。"

我把大山雀从脚面上赶走，这次捣蛋鬼走开了，但皮图尔十分执着。

"容我想想。"

写作已经占据了我大部分时间，我真不知道怎么才能写出一本书。但另一方面我能更深入地研究鸟儿们的生活，能详尽描述他们之间的关系。挂了电话，我把皮图尔从脚面上赶了下来。

"走开。"

皮图尔受到惊吓，我立刻感到内疚。他从袜子上啄一些线头也没什么过错。

"来吧。"我又对他说。皮图尔在窗边徘徊了一会儿，我在桌子旁整理我的素描册时，他又落在我脚上，脸上露出满意的神情。他叼起一根松了的线头飞回自己的巢穴，然后又立刻飞回来叼起另外一根。皮图尔心满意足地继续干活，决心撕扯我袜口的红线头。我拿起笔记本粗略地写了几点想法：鸟类通过行为思考，或许我们人类也是如此。

* * * * * *

我重读了我写的片段。并非任何东西都适合放在书中，但鸟儿们的传记不可或缺，也包括和他们之间的游戏、他们的歌声、他们之间的关系和彼此间的冲突。我整理了所记录的文字，不知道人们会不会对某些细节感兴趣，如哪只鸟喜欢奶酪，哪只鸟不喜欢；星星在我房间飞出飞进的次数；捣蛋鬼落在我手上，然后又飞上我的头顶；等等。人们想读什么内容无关紧要，我必须如实记录鸟儿的生活及其世界。

有人在轻轻敲门。

“嗨，格温。”西奥从门外探进头，然后慢慢地推开门。

“早上好！”

“你发现其他有趣的事了吗？”他走过来站在桌旁。

“他们想让我写本书。”我指了指椅子示意他坐下，但他没有落座。

“太好了！”

“怎么啦？”我尽量控制自己的情绪，不让他觉得我说话的语气有点不耐烦，但这是我今天第二次被人打扰。

“你看到了没？”他从未像今天这样试探性地问我。

“看到什么？”

他拿出一份报纸放到我面前。《女飞行家在迪切宁着陆》，标题旁边还配了一幅卡通画，画中的生物长着巫师模样，一只鸟喙般的鼻子，身上还有几个肉瘤。

“你的意思是我应该成为她那样的人？”

西奥摇了摇头，没敢看着我说话。

我大笑起来，说：“那他们怎么评论我？”

他也大笑起来，很显然已经放松了。

“他们说你在进行所谓的‘研究’，但你缺乏学科背景，你写的故事是杜撰出来的。”

“第一项指责没错，我从不否认。但第二项指责毫无根据，任何人都可以来检验真伪。”

几个星期前，有一家研究鸟类的杂志刊登了对我的采访。我从西奥店里给他买了一块蛋糕，他待了好久，用各种问题对我进行“轰炸”。我想他对我的生活方式真的很感兴趣——直到我读到那篇文章——他说我可以和鸟儿对话，我压根儿就没那样说过，我只是说鸟儿们通常从我说话的语调中就可以理解我的意思，他们也可以学着识别单词。

“他们也攻击那家杂志。”西奥的声音听起来有点嘶哑，或许他没睡好。

“我知道这些观点来自何处，我想是罗杰给他们付了报酬。”我拿起报纸又看了一眼配图，“画得不错，真心话。”

叮叮落在钢琴上。

“你现在还弹钢琴吗？”

我看了他一眼，回答说："有时候弹。很奇怪，我现在弹钢琴的频次比拉小提琴的频次高。小时候大人们不想让我弹钢琴，因为我弹得很不熟练，他们不想听到我弹奏出的音阶。我可以在楼上的卧室里拉小提琴，这样就可以少打扰他们。我姐姐是一名出色的钢琴家。"好久没有奥丽芙的消息了，本来打算给她写信，但始终有别的事打乱了我的计划。

"你到底为什么来这里？"西奥问，"如果你不想说就别说啦。"

叮叮飞了起来，他在离开前总是犹犹豫豫。黑子（Darky）落在窗台上，他是一只年老的黑鹂，经常在日出前歌唱。

"城市的生活太压抑了，我也不喜欢那里的人。"我朝黑子吹了个口哨，他扭头看我，但被什么东西吓到了，之后就飞走了。我有点吃惊——我常常也能看到鸟儿们发现的东西。

西奥满腹狐疑地看着我。

我笑了笑，问："来一杯茶？"

我走到厨房，皮图尔落在水龙头上，他喜欢把喙伸进流出的水中——我也搞不懂他是在嬉戏还是在喝水，也许两者皆有。我给他打开了水龙头。

星星十三

十月底，入侵者最终都离开了，单眼圈对敲击的数字游戏失去了兴趣——她的伴侣叮叮吸引了她大部分的注意力。那段时间最讨厌的就是鼓手（Drummer），我之所以这样叫他是因为他整天啄个不停，这让星星很不悦，因为这很容易使她分神。或许鼓手认为星星的数字游戏是他俩之间的交流方式，他总是在我们忙乱的时候飞来，然后像星星一样啄木头，但从不知道其中的含义。一天早上，鼓手把星星赶走了，之后小丑(Jocker)替代了星星的位置。我轻轻敲了三下对她说："敲三次。"

我重复了四次，然后她确实用喙敲击了三下，这是她唯一一次模仿我做出的正确反应。之后我试图和她继续玩数字游戏，但她很快飞到另一个房间。

次日，我呼唤星星，她来到窗台。我敲了三下，然后鼓手出现了，他立刻开始用喙敲击。星星朝他飞去，把他从窗台上赶走，鼓手又飞回来把星星赶走，这与给不给花生毫不相干，这样做仅仅是通过敲击了解我的意图。一小时后星星又飞回来了，鼓手也跟着飞了回来，小丑也落到窗台上开始用喙敲击。鼓手把随星星而来的小丑赶走，其他的大山雀开始烦躁不安，鼓手飞进隔壁的房间把他们都赶走了。

第二天早晨，星星很早就飞来了，所以我们可以在其他鸟儿没有出现之前玩数字游戏。也许之后鼓手也会出现，小丑在下午也会飞来。在别的鸟儿还没飞来的时候，星星朝外看了看，小心翼翼地寻找机会。

1952

“嗒嗒嗒嗒——”约瑟夫手里举着一个包裹。

“请进。”我放下装有肥皂水的桶，在裙子上擦了擦手。

他随我走进客厅。

“第二波评论，一周后的。”他递给我一个包裹，然后手伸进背包里翻找着什么。他先拿出一本书，然后拿出一双袜子，最后拿出一瓶香槟。他把酒瓶放在桌子上，然后把其余的东西又放回背包。

“你不认为现在庆祝有点早吗？”

“庆祝从来不嫌早。来吧，格温，或者我是不是可以叫你莱恩？”

他把酒瓶塞到我手里，随我走进厨房。“我收到了三份翻译请求，分别来自德国、荷兰和西班牙。”

“真的？”

他给自己倒了一杯酒，然后用面带胜利的神情看着我。“干杯！”他用他的酒杯碰了一下我的酒杯。

“嘘……别这么大声。”

“好。鸟儿们也会从中受益。你的书会让人们开始思考。续集进展如何？”他把酒杯放到桌上，发出了声响。

我花了数年时间才完成了第一本书。“稳步推进。我正在做笔记，但研究鸟类需要投入大量的时间。”

“不着急。现在你已经引起了人们的关注，如果赶在年底能完成初稿就太好了。”

“我尽力而为。”我不知道自己还想不想写第二本书，我有足够的素材和想法，但很难解释清楚我真正想要达到的目的。有些读者过于苛责，他们认为我的研究不得要领，说我靠想象编故事，认为康拉德·洛伦茨（Konrad Lorenz）那本描写他如何和各种动物一起生活的书比我的更严谨。或许因为他有专业背景，撰写过很多科研论文，而且还是一位男性。但和我相比，他的观察方法没有新意，鸟儿们自愿选择和我生活在一起，而洛伦茨则通过饲养的方式和动物生活在一起，所以他会影响动物的行为。我们研究的基本原则有天壤之别。

扫帚把（Broomstick）飞了进来。他是唯一一只经常飞进屋子的知更鸟，去年有一对知更鸟飞进来两次看了看，今年夏天我住这儿时有一只知更鸟常常落在窗台上。知更鸟要远比大山雀自立能力强。或许对我的那些批评是对的——我只是把所有的一切串成故事而不确定自己阐释的一切是否正确。我所知的一切都不确定，但我认为其他科学家对自己了解的知识也不确定。在一个可控的环境中，我们必须对事实做出阐释，而我们的阐释就是从特定的假设开始的。然而，人类对有关自身的东西都不确定，比如我不知道约瑟夫此刻的所思所想，他认为我有魅力，但他从不会告诉我。

我呷了一口香槟，盯着扫帚把看。

约瑟夫坐在桌旁问我："你不感到孤独吗？"

"不会。你呢？"

他大笑起来，说："你与这些鸟儿为伍，难道你不渴望有人陪伴吗？"

"你此刻就在这里陪我啊。"

鸟儿们是出色的同居者，研究鸟类需要付出心血，但回报也颇为丰厚。

"你懂我的意思。"

"这只鸟就是扫帚把。"他落在扫帚把上，"知更鸟几乎不进屋，他是个例外。"

"我明白了他名字的由来。"约瑟夫坐在钢琴前弹奏了一首民谣，将那只叫扫帚把的知更鸟从扫帚把上赶走。我静静地坐着品酒。高帽子（Busby），一只冒冒失失的雄性黑鹂飞进屋来看了看我们。星星飞到窗台上，然后又飞走了。

约瑟夫站起身时我对他说："十分感谢你们每一个人。尤其是你，感谢你对我的付出。"

"莱恩，我们都很喜欢你。我还有别的东西给你。"说罢，他把背包放在桌子上，"你的读者来信。"他从包里把那些信件抖落出来。

“每封信都得看一遍？”我打开其中一封信读了起来，一个很有趣的故事，有三页长。

亲爱的霍华德小姐，你的书很精彩，你所讲述的故事我非常熟悉，好像你我相识已久，是老朋友了。

我把信塞回信封。

“随你便啦。”

醉汉落在桌子上，歪着头，开始撕扯信封。“这个星期他已经把收税员送来的两封信都撕碎了。”

约瑟夫笑起来。“莱恩，你很优秀。听我说，我们还有一种方法让你的书更加引人注目——访谈和读书会，你是否愿意做这些事呢？”

“这是罗杰的主意，对吧？”

“但确实是个好主意，莱恩。我们想把最好的东西给你，对你和你的作品都有利。”他用恳求的目光看着我，眨了眨眼睛，看起来可怜巴巴的。

“抱歉，我做不了。”

“好好想想。”他指了指那堆信，四只大山雀正忙于撕扯，“这样做也能帮到鸟儿们。”

约瑟夫离开时我送了他一段路。一个花园里有一只珍珠鸡，正一动不动地站着，就像一座雕塑。战后，隔壁三家的农舍都已经空无一人，主人在重建居所，但不在此处。尽管天气晴好，约瑟夫还是有点发抖。

“天哪，格温，你是怎么忍受这儿的生活的？”

一只灰雁在田地里游荡。我能闻到约瑟夫夹克衫上的味道，一种湿乎乎的羊毛散发出来的味道。

我对他说：“随时欢迎你来。”

回去的路上，我看到我们的脚印留在地上。

我坐在靠窗的那把陈旧的棕色椅子里一直待到天黑。椅子的扶手垫已经破了，细丝和木头都露出来了。好几天没看到单眼圈了——这是常有的事——她在一天天老去，我有点担心她。鸟儿们能在片刻之间就消失不见，人为了某种目标而活着，凡事皆有因，以此种或彼种方式，一切皆能圆满，生命皆有意义。但对大多数生命来说，一切只不过是事件发生概率的累积而已，是虚无中的一个个瞬间。

我走进厨房，经过用硬纸板搭建的大山雀栖息的巢箱——一只装过糖和粮食的盒子——人们常常会把这些东西扔掉，但它们非常适合给小鸟们搭建巢穴。我给自己斟了一杯香槟。窗户敞开着，房间还没有凉快下来。风暴还没有结束，鸟儿们依然焦躁不安。我擦拭掉额头的汗水。慢慢地，我平静下来，内心不再被困扰。我把一切重新出现的东西又移走：树篱丛中的蛛网、窗台上被霜打蔫的花儿，我一直忙乎到深夜。

小提琴安静地立在墙角，那是以前生活的见证。去年我又去观看乐队的演出，斯托克代尔的脸还是红扑扑的，但人更消瘦了，也似乎更矮了。他告诉我他在某家书店看到我的书。但他并没有问我的近况。我突然很怀念自己的演奏经历，但已无法从演奏中得到乐趣。比莉已经不在乐队了，没人知道她现在在干什么。

室外的空气很新鲜，我躺在花园的长凳上。天空更清澈了，报纸上说今晚会有流星，我没有什么愿望，但依然扫视了一眼天空。我喝了一口香槟，但一点都不享受。乌云蔽月，惨白的桦树看起来就像鬼魂。远处，一只猫头鹰在哀鸣，或许是我一周前看到的那只灰林鸮。

早晨，星星依然是第一个来访者，她的孩子们都飞离了巢穴，她现在有更多的时间，来看我的频次也更高了。年年岁岁都相似，岁岁年年又不同。我不该再想自己做的事是否有意义，是否已经足够，时间并非像人类想象的那样按直线前行，事物的发展没有尽头，只是换了种形式而已，某种情感会发展成思想，思想转化为行动，行动又转化为思想，而思想左右情感，最初的情感复现，随后演变为新的情感，某个想法在某个时段归于沉寂，之后又会突然出现，这就是时间交织的方式，也是我们同时存在于不同瞬间的方式。躺在床上时，我的心跳加速，酒精沿着身体中的血管游走，从头到脚，像一个杂乱无章的网络。床单很快就被焐热了。睡神降临，我奔向回忆的居所，但我却没有回忆。

* * * * * *

夏末，朱莉安·赫胥黎（Julian Huxley）——一位生物学家——登门拜访，他想问一些有关我的研究的问题。他来时还带了一名学生，一个瘦高个的年轻人，兔唇上长着稀疏的胡须，一直用钢笔在一个大笔记本上做记录。他翻页时动静很大，发出沙沙的响声，一不小心本子掉落在地惊走了大山雀。我忍住没说他，结果他又把桌子上的茶杯打翻了，这次因凯也飞走了。

我厉声说道："如果你这样下去，接下来的两天里，鸟儿们就再也不会飞进房间了。"

赫胥黎笑起来。

"你笑什么？"

"你只是跟我说鸟儿们非常敏感，你深谙与他们的相处之道。你也知道该做什么，现在你的行为举止都是下意识的，无须经过思考。而和我一起来的这名青年学生第一次做田野调查，你没发现，他毫无经验。"

那个年轻人弯下腰捡起本子。赫胥黎说得没错，但他是人类。我耸了耸肩。

"或许我们应该去外面待一会儿。地面快干了，我可以带你们去参观鸟儿们筑巢的地方，他们选择的地点千差万别。"

在室外，噪声能吓跑鸟儿，但他们知道去何处藏身，这里是他们的领地，他们占据优势。

赫胥黎拿着相机和他的学生讨论注意事项。他指着鸟儿们描述他们的姿态、活动范围和鸣叫方式。鸟儿的鸣叫声既是沟通方式，也是警告信号，也可以让别的鸟儿知道自己的位置。我领着他们穿过花园，指着我书中描述过的地方。他们遇到了好几只大山雀、喜鹊和那只两个星期前才在橡树安家的斑尾林鸽。黑鹂则没有现身。

他们两人的块头太大了，没法优雅前行，但至少可以试一试呀。赫胥黎的声音低沉浑厚，而那个学生的声音尖锐刺耳。他们交谈时声音很大，就好像听不见自己说话的声音似的，我们应该悄无声息地行走，就像猫一样。在听到两个男人的说话声后，小丑飞到窗户上，然后又飞回花园。

赫胥黎问我："你认为你的实验具有可复制性吗？"

"没有。有人可以像我一样住在别的某个偏僻之处，他们可以逐渐了解鸟类，也可以赢得鸟儿的信任。但鸟类千差万别，这就是我刚才试图说明的个体智力差异问题。比如，两只鸟中到底是雌鸟先主动接触雄鸟，还是雄鸟先主动接触雌鸟，我无法得出普遍性的结论，因为这完全取决于谁先遇到谁，在何种情形下相遇。他们对巢穴地点的选择以及所做的其他决定亦是如此。至于他们的性格是内敛还是外向，这个问题则有一个普遍规律：麻雀专横；喜鹊和乌鸦捕食体型比自己小的鸟类的幼鸟；大山雀总是小心翼翼。当然我也看到个体差异非常大。"

那个学生把我说的一切都仔细做了记录。我的注意力被栖息在苹果树上的喜鹊吸引，他离达斯蒂的巢穴不远，后者以汽油罐为巢。我上前几步，如果他离达斯蒂太近，我必须将他赶走。

"抱歉，你想让我们离开吗？"赫胥黎打断了我的思绪。

"不用。我只是在留意那只喜鹊。"赫胥黎和那个学生交换了一下眼神。我没在意。

喜鹊飞走了。我们又进入房间。有只鸟在钢琴上拉了一堆屎，我走到厨房去拿抹布。我回来时那个学生看着我，我皱了一下眉头。赫胥黎在快速浏览学生做的笔记。

“你认为你真的了解这些鸟儿？”

“你不一定非得和别人的理解方式一样，或许你必须如此。但我知道你的意思：你对我把鸟儿人格化的做法持怀疑态度。听着，大山雀和我们不是同一类动物并不意味着我们就没有共同之处。很久以前达尔文就说过，动物和人一样进行学习，只是复杂程度不同而已。”

“但我们可以和同一物种交谈。”赫胥黎反驳道。那个学生拿着笔记本点了点头，表示同意赫胥黎的观点。

“但他们也能和人类一样交谈，用声音、肢体和动作。然而，人类的语言并不保证能彼此理解。”语言可以掩饰错误，可以遮蔽事物本来的面目，你说出来的话在很久以后突然会走上自己的轨道，“你们快结束了吧？”

“最后一个问题。听说你还打算写一篇有关大山雀的学术论文，她叫什么名字来着？就是和你玩数字游戏的那只？”

“她的名字叫星星。加斯问我能否与他合作写一篇有关星星的论文。是的，很有可能。还有其他人也对我的工作感兴趣，但在进行这些研究时所使用的方法和我不同，他们只想去测算，似乎情感只是一堆数字。”

“很棒的想法。失去情感是一大遗憾。”

后来我反复琢磨这句话：失去情感是一大遗憾。但这一切并不会失去，情感存在于我和鸟儿们之间，只要它还延续。对一些鸟儿来说，情感也是他们毕生追求的东西。

* * * * * *

很抱歉地通知您，我们不接受您的论文。您的研究非常有新意，您的文章表明您对大山雀的研究非常深入。遗憾的是，它很不符合科学研究的要求，无法在《自然》杂志发表。如果您能复制这个实验或者改进它，或能使其他研究者复制它，我们会愿意考虑这篇论文。

我拿着回信坐了一会儿，虽然只有寥寥数行，但意思很明确，投稿的事如同在枯树上刷漆——毫无用处。加斯已经说过投稿可能不会被采用，尽管他们会接受有些研究者撰写的有关寒鸦和鸽子的研究文章："这就如同逆流而上，或许什么时候科学界会重新考虑这篇文章。"

我向他解释为什么我研究大山雀的方式会给他们提供新的视角——因为鸟儿们信任我，因为他们和我们一样都有自己的喜好和欲望。加斯打断了我。

"格温，你知道我对你的研究非常感兴趣。我认为你对鸟类生活的研究非常深入，之前从未有人这样想过。但我不能帮你。我们可以发起一项研究，但必须在实验室，否则我会失去信誉，也无法令科学界信服。你可以把星星带来，我们把你的房子的陈设复制出来，有足够的时间进行调整。"

星星很讨厌这样做。我跟加斯说过很多次，星星飞走之后就再也不会飞回来，我不能把她抓住放进笼子，这样的话我和她建立起来的信任会在片刻之间化为乌有。但他不会明白这一点。加斯知识渊博，《自然》杂志也清楚这一点。但他们没有意识到：他们对这种事一无所知。你不能把鸟儿关进笼子，无人陪伴，一天又一天，一个星期又一个星期，度日如年。在一个陌生而又苛刻的环境中（闪闪发亮的墙面，四周充斥着漂白粉的味道）测试他们的智力水平是非常荒谬的。事实上，鸟儿们在此类实验中表现优异，他们对分配给自己的小实验非常配合，这是一个奇迹，他们不会有意去撞击笼栓，要么就待在角落不动。很显然，我无法跟他们说清楚。我抹了抹眼泪，为这事感到难过，也太可笑了。我所做的一切都是为了鸟儿，不是为了科学界。

星星十四

十一月和十二月的生活大同小异：星星只要有空就飞来落在窗台上，她可以根据我的指令敲出从三到八的数字，但还是无法完成数字九的实验。我试图和她一起练习，但我敲击的速度不够快。

次年一月底，星星开始寻找合适的巢穴供自己和叮叮栖息。叮叮曾是单眼圈的伴侣，但在那个春天，单眼圈消失了。她已经很老了，我想她或许死于衰老。叮叮是一个不错的选择，至少从人类的观点来看，他要比因凯或侵入者（Intruder）更友好，且长相俊美。和几年前一样，星星对数字游戏逐渐失去了兴趣，她依然来访，但只为巢穴而来，完全专注于孵卵前的准备工作。二月她只来了五次。

三月底开始下雨，星星比以往来得更频繁。某天，她一次就把我告诉她的数字全都正确地敲了出来。4 月 5 日，我让她啄五下，她按 1-3-1 的节奏敲了出来，在啄最后一下时，她看了我一会儿，似乎有点怀疑。那天剩下的时间，她和叮叮都忙于筑巢。天气干燥，时间紧迫。他们在苹果树上新装的巢箱中安家。星星立即允许叮叮在当晚和自己共眠，或许她本来就期待这个结果，因为她吸取了和秃头以及皮图尔一起生活的教训。他们的巢箱在屋后，而领地却在花园之外，她忙于筑巢时我半天都看不到她，所以每天下午五点我去花园给他们分一粒花生。星星一听到呼唤就循声而来，叮叮紧随其后。然而某个下午，只有叮叮飞向我。

1960

“格温，我要跟你说件事。”

天还早，蜗牛缓慢地爬过屋前的小露台，留下的痕迹形成了某种未知语言的字母。西奥递给我一张报纸，然后又拿回去打开。

“看这里。”他指着第三页上的一篇文章，标题是《迪切宁假日公园将在秋季开工建设》。我又读了一遍，然后仔细看了看规划图。他们已经买下亨德森家的土地用来建设假日公园，包括从树林到我家花园外的这些土地。建成后的公园紧邻我的花园并和我的土地接壤，还会有一个操场。

“我们不能让这种事发生。”我把报纸还给西奥。

“我担心他们已经拿到了建设许可证。”他看着地面，地上散落着从我袜子上撕扯下来的几根毛线。

我拿出背包。“我先去趟区议会跟他们谈谈。”我又拿起报纸看了看，“汤普森公司。等一会儿我给罗杰打电话，然后再给约瑟夫和加斯打电话。”

离开前，我把食物放在鸟食台：从面包上捏下来的碎皮、黄油以及三个切成小块的苹果。鸟儿们立即飞了过来，小丑首先飞到我的手上向我打招呼，然后飞到鸟食台。我的胃突然一阵绞痛，只好先回到房间。

我钻进西奥的车里。八点半的时候，我们到了位于刘易斯路的区议会办公室，但那里九点才开门。开车再回去不划算，因此我们靠着一面新砌的墙休息，旁边有棵树，海鸥在远处鸣叫。我们开始聊天，直到九点教堂的大钟开始报时才停下来。

旋转门里挤满了人，我跟前台工作人员解释了我遇到的麻烦。接待我们的年轻女子涂着棕红色的口红，穿着一袭带绿条纹的白色连衣裙，长着一对金鱼眼，画了眼线。她告诉我们可以预约到星期四下午三点。

“那太迟了。我不走，我要见你们的负责人。”

她上了楼。

西奥用指头敲击着柜台的台面，直到他看到我紧锁的眉头才停了下来。“抱歉。”

楼上传来高跟鞋的声音。

“华特斯（Waters）先生十点和你们见面。你们想喝杯茶吗？”

我摇了摇头，“我能借用一下你的电话吗？”

她回答说：“可能不行。”

“我有很重要的事。”还没等她回答，我就从柜台后面拿起绿色的电话机给罗杰拨号。

“哪位？”罗杰的声音听起来还睡得懵懵懂懂。

“罗杰，很抱歉这么早给你打电话，我遇到了麻烦，他们想在我房子旁边建一个假日公园，这就意味着我不得不终止我的研究。”

他嘟嘟囔囔地说了句什么。

“操场就挨着我的花园。我希望你能在杂志中说明这件事，能否通过认识的记者将此事公之于众。非常感谢你能帮忙。”

他说他要打几个电话，下午给我回话。我又给约瑟夫打电话，告诉他发生的一切，提出了与罗杰一样的请求。那个年轻女人看着我直皱眉头。约瑟夫比较镇定，但他的人脉关系不及罗杰广，他对我的研究非常了解，答应会竭尽全力帮我。我拨打加斯家里的电话，无人接听；我又拨打了他办公室的电话，他的秘书不愿转接，直到我说如果她不这样做我就让加斯炒她的鱿鱼。加斯答应尽力而为。

“你是霍华德小姐？”一位干练的男子朝我们走了过来，他穿着浅蓝色的西装和喇叭形西裤。他伸出手，“我是彼得·华特斯（Peter Waters），这边请。”

我们跟着他上了楼。在他的办公室——白色的墙、木头椅、咖啡色的窗帘以及一个摆满活页簿的文件架——我给他看了那份报纸并指出我的房子的位置。“我的书畅销世界各地，已经有几万本，或许有十几万本，我的第一本书已经第三十次重印。如果假日公园的项目还要进行，那就意味着我不得不终止我的研究。”

“书很有趣。”华特斯先生答道，“我立刻汇报。我的妻子已经读完您的书，我也读了。书是我们的邻居推荐的，他们也认为很有趣。我的母亲也很喜欢读。霍华德小姐，我很尊重您的工作，可以给我签个名吗？我想送给我妻子，她会非常激动。我们正准备预订您的第二本书，我本打算把它送给我的妻子作为我们结婚十周年的纪念礼物，但书店里已销售一空。”

我满怀期待地看着他。

“抱歉，我忘了您来这儿的目的。为了假日公园的事而来。对了，我查了一下，所有的许可证正在办理当中，你最好能跟建筑公司谈谈，或许他们能保留一片地不去开发。我担心我们做不了什么，土地是合法获得的，所有者可以随意处置。”

“我能否提交一份反对下发许可证的请愿书？”

“或许可以。但几乎没有什么用，手续完全合法。”他看到我脸上的表情后顿了顿又说，“我去拿文件。”

他走出办公室后我看着西奥。

西奥对我说：“你应该跟他打感情牌，给他想要的签名，请他帮忙，也和他太太打打感情牌。”

“和他太太打打感情牌。”我叹了口气。

华特斯先生走回办公室，手里拿着一些表格。

“华特斯先生，我很乐意给您签名，也很高兴听到您和您太太喜欢我的书。如果您买不到，我改天把《与鸟为伴》给您送过去。如果我能继续我的研究那就太好了。我十分担心，如果他们在那儿施工，所有的鸟儿都会离开。”我难过地看了他一眼。

“绝不能让这一切发生。”华特斯先生答道，他向后仰了仰身子，深吸了一口气，“我们必须在开工之前阻止他们。无论如何，我会竭尽全力确保你的反对意见送达能管这事儿的人手中。”

他帮我填了一张表并在最后一页下面做了批注，说我的研究十分重要，对国家有利。之后他又把主管这事儿的负责人的电话留给我。“这应该能奏效。”他搓了搓手说。

一出办公室西奥就说：“太棒了。没想到你强悍的外表下竟然隐藏着如此的魅力。”我捣了他一拳。

但在位于伯杰斯希尔的汤普森公司办公室我们毫无进展。秘书让我们在外面干坐了两小时，然后又说汤普森先生星期五才有空。我筋疲力尽，已无力吵架，压住火气约定星期五和汤普森先生见面。

那天我一直待在西奥家，尽我所能做了一些海报——“帮助迪切宁的鸟儿，抵制汤普森假日公园项目”。玛丽也帮忙散发海报。

回家后我坐在椅子上朝花园里看。我的脚十分酸痛，于是脱了鞋按摩脚指头。两只大山雀飞到树篱中。我的视力很差，无法在这么远的距离看清到底是哪两只鸟。或许我已经尽力了，或许我应该屈服。鼓手飞到窗户上，啄了两下窗框又匆匆飞走。我大笑起来，然后流出了眼泪。假日公园的计划不能进行，必须停止，否则我得另觅居所，但我不想离开。无论如何我都要保护这些小鸟儿。

* * * * * *

在当地报纸连续刊登了我的好几篇文章后，这些新闻最终被《每日邮报》(*Daily Mail*) 转载，《卫报》(*Guardian*) 随后也刊载了对我的采访和鸟儿们的照片，之后我又应邀参加了电台的访谈节目。此外，加斯和他的一些同事给部长写了封信，说明了我工作的独特性并强调工地的噪声会迫使我停止手头的研究，多年的心血将付之东流。与此同时，罗杰忙着撰写文章，揭露汤普森公司见不得人的行径——他们在其他地方也遭到抵制——他让读者确信汤普森公司的建筑规划会对当地的环境造成破坏。星期五，西奥和我一起去汤普森公司赴约。我们还是干坐着，十五分钟，二十分钟……但别无选择，只能等。一个半小时后，秘书带我们走进一间办公室，房间里有一股卷心菜的味道。汤普森先生坐在桌子旁，他身材矮胖，嘴上长着几绺胡须，脖子很短，或者说几乎没有脖子，衬衫的领子都快到脸颊了，双手就像煤铲。

"霍华德小姐，"他只是点了点头并未与我握手，"我知道你在发起一项诋毁我们的活动，因此我有必要对此做一个简要的声明：公园项目还会继续，但如果你继续给我们制造麻烦，我们将会起诉你。"

"诋毁你们的活动？我只是尽力保护鸟类。"我咳嗽了一声，努力降低我的声调，厚重的声音听起来更严肃，说出的话也更有力度。我深吸了一口气。

他大笑起来，说："我们从来没有伤害过任何一只会飞的东西，哪怕是一只小鸟，更没有伤害过任何人。我会打断你的腿，可怜的家伙。”

“好，那我们就法庭上见。”我看都没看他一眼。我不想让他看到我的愤怒。

“祝你成功。”他坐下来在本子上写着什么。

西奥站起来打开门，轻声说道：“咱们走。”

步行穿过广场时我问西奥：“你真的觉得我们必须通过法律手段才能解决问题吗？”有只鸽子飞了起来然后又落在几米远的地方。

“如果我是你，我会边走边看，一旦决定这样做就决不退缩。”

一个熟悉的身影在等我们。“我只想以私人身份告诉你们，你的反对意见书受到了高度重视。”华特斯先生冲着我笑了一下。

西奥打开门，问道：“您要进来吗？”

华特斯先生警惕地看了看四周说：“我最好不进去了，对汤普森公司我只能提出意见不能施压。”

西奥点了点头。

华特斯继续说：“相关部门会再次审查各种许可证。我不想让你们心存幻想，那并不意味着会废除颁发给他们的许可证。当然，他们要再审查一次。”

华特斯和我握手道别，我都没来得及感谢他。

我对西奥说：“他的行为好奇怪。”

“神经兮兮的家伙。”

我借了西奥的自行车，拿了一堆新海报。附近的村庄都已经光顾了，现在该去布莱顿了，我要去各种公共场所，咖啡厅、剧院以及影院。

夜晚，我被一声沉闷的巨响惊醒，房子跟着颤动，是闪电？但没听到雨声。我下床摸黑走到客厅，地板冰凉，光脚走在上面深一脚浅一脚。没有下雨，只听到一阵风刮过。两只大山雀受到惊吓从巢箱中飞出来落在床沿。或许是前门被风刮开了，门板没那么结实了。还没看到什么我就闻到一股火药味。我打开走廊的门，看到前门被卸了下来，墙上有一个洞。我笨手笨脚地打开灯，捡起斜靠在走廊后面门柱上的扫帚。外面什么都没有，星光比以往更亮。我走入沉寂的黑夜，门前所有的东西都井然有序地摆放着，野餐桌和椅子都在原来的地方。我下台阶走到石子路上，在房子另一边的墙上有人用红油漆写着：一切才开始！我扶着砖墙，手能感觉到墙体粗糙的边缘。我心里一遍又一遍对自己说：事情没那么糟，鸟儿们还在这里，没有一只栖息在走廊上。

回到房间后我沏了一杯茶，拿壶接水时我的手开始发抖，倒茶时水都溢出了杯子。我可以抓住大山雀，让他们栖息在屋子里直到适应新环境为止。我摇了摇头，我不能那样做，他们也痛恨这种做法。他们生活于此，属于这个地方，不属于我，那样做就是犯罪。而且我已经签了第三本书的出版合同，按计划将在今年出版。几个月前，我把草稿送到罗杰和约瑟夫手中，但他们认为太严肃了。罗杰对我说："我们想读到更多有趣的鸟儿的故事，这些故事不伦不类，太具有娱乐性无法令科学家信服；而太过严肃没法吸引普通读者。”此后书稿就被搁在桌子上的茶巾下。

次日，罗杰撰写的有关汤普森公司的文章发表了，那是一篇长文，占了整整一个版面，他连发生在夜里的袭击细节都写进去了，甚至连电视新闻都开始报道此事。

星期一早晨，邮递员从山坡的小路上走下来。去年他的髋关节做了个手术，现在走路不太方便。

“抱歉，”他从远处喊道，“我知道你不喜欢这样，但邮箱塞不进去。”说着指了指他的包。

我朝他走过去，他的包里塞满了来自全国各地的信件和明信片，表达了对我的支持，还有人愿意提供帮助。

“太棒了，不是吗？！”邮递员骄傲地说，仿佛这些信件的内容经他审核批准过一样，“真是太棒了！”

我拿着信件走进屋子。好大一堆信。或许在汤普森公司开始修建公园时我们这些人就能在房子和花园周围形成一道人墙。电话铃响了，是西奥打来的。他也觉得非常棒，有这么多人在关心我们。我们可以在区议会组织示威或静坐。

“霍华德小姐，我是彼得，彼得·华特斯。告诉你一个好消息，区议会决定撤销之前批给汤普森公司的许可证，因为这家公司有不规范经营的嫌疑。随后会进行调查，可能要持续几年。我想汤普森公司会设法收拾残局并出售土地，区议会可以买下来租给你。但这并不是说上述一切一定会发生，汤普森公司可能会先采取行动。你别高兴得太早，我不应该说你别高兴得太早这类话。不管怎么说都是好消息，我只想以个人身份告诉你。顺便说一声，我妻子收到有你签名的书后十分高兴。当然，我也是。”他的声音因激动而颤抖。

接完电话后我坐了一会儿，手还搭在听筒上。我要立刻动身去西奥家告诉他这个好消息。但首先我得让鸟儿们知道。

星星十五

叮叮非常忐忑不安，他不吃我给的花生就飞回树篱。我跟着他，他飞来飞去，大声鸣叫着，飞到树上又飞回来。我立刻意识到出问题了。我看了看树篱里面，检查了树篱旁茂密的草丛和树旁边未修剪的草坪。叮叮一直围着我飞来飞去。大约一小时后他飞进巢箱，疲惫不堪，但很快又飞出来，待在靠近树篱的地方。当时我没发现任何东西，到了晚上也没看到任何东西。

第二天，星星没有来吃花生，没有来玩数字游戏，也没有来鸟食台，甚至当我坐在长凳上观察其他鸟儿时她也没出现。午餐时间，星星依然没有出现，下午晚些时候，我第二次给鸟食台投食时还是如此。那天傍晚，我呼唤她和叮叮，她依然没出现。那天，叮叮烦躁不安，在巢箱里待了好久。鸟儿们入眠后，我走到屋外，没有叽叽喳喳的声音，周围非常安静。

第二天早晨，我关上了客厅的窗户，这是数年来我第一次这样做。

两天后，我发现邻居家的橘猫从树篱中爬了出来，那里靠近星星和叮叮的巢箱。肯定是星星飞回或离开巢箱时他抓住了星星，对此我深信不疑。几年来，星星离开我的时间不会超过几小时。星星死的时候已经九岁了。1946年春，星星只有一岁，当她第一次飞进花园时，我就意识到她的与众不同，尽管当时她很胆怯。当然，星星在数学方面的才能非常出色，她也从中获得了极大乐趣。她玩数字游戏时不图回报，只是觉得有趣，和我待在一起的乐趣。她的理解能力独一无二，似乎能主动发现事物，似乎能像我了解自己一样了解我。

1973

有人一直敲门。盗贼（Thief）飞了过去，我还没来得及把头转向窗户的方向，他就不见了。我在路旁立了一块牌子，上面写着：禁止入内。门旁也立着一块牌子，上面写着：谢绝访客。请勿靠近鸟舍。警示非常奏效，现在只有盗贼在鸟舍中。门口也立了一块牌子，上面写着：请勿敲门。现在没必要敲门，没有紧急情况，不是战时，没有人死去。我起身下床，浑身酸痛，我的病情更严重了。透过百叶窗的缝隙向外张望，我看到一个年轻人，穿着条绒裤和一件衬衫，没穿外套。可能是区议会派来的，或者是来推销什么东西的，抑或来搞测量的。我回到桌子旁。盗贼已经飞回窗台。橡树叶（Oakleaf）也飞来一探究竟。

敲门声更大了。我倒掉杯子里的凉茶加了些热水，然后拿出一块饼干。小黑（Blackie）飞到桌上，盗贼紧随其后。我把最后一块饼干捏碎，把碎屑放在手掌边缘。橡树叶又飞走了，或许有闯入者，他要将其赶走。他用树叶吓跑敌人，是我见过的唯一这样做的鸟儿。

盗贼要比小黑更加喜怒无常。他在用力啄食，似乎这顿饭就能救命。最近一段时间，如果我没有及时给他提供葡萄干，他就啄我的手掌。小黑在饼干屑之间跳来跳去，姿态优雅。我伸出一根手指，盗贼飞开了。小黑让我抚摸他。或许是西奥有什么事找我？不应该呀，埃丝特可能要来，或者是琳达？但是他们会给我送张明信片。那个人依然待在那里，我听不到脚步声。两只鸟都飞走了，先是小黑，然后是盗贼——盗贼总是在确认没有更多的食物时才飞走。我侧身去拿扫帚，弯腰的幅度不能太大，我的背很疼。我拿着扫帚，然后又换了一只手，因为刚才那只手的手腕几乎不能动。我听了听脚步声，门外跳蚤（Flea）、单眼圈二世（Monocle II）和摩西（Moses）在大声鸣叫，还有某个人也在叫喊，我想那肯定是多尼（Donny）。我感到腿上有一阵风吹过。我应该让西奥给那个孩子打电话来给我修补一下外墙，也许一两天就可以完工。但对蜘蛛来说那是一场灾难，他们干活的时候从来注意不到蜘蛛，他们说会注意，但从来都不在意。

敲门声更响了，门板嘎吱作响。我紧紧抓住扫帚，悄悄起身。从门缝里塞进一张纸条，然后脚步声渐渐走远。他应该尝试以更安静的方式做事，但竟然对我立的警示牌视而不见。我又坐下来，茶已经凉了。我盖上饼干盒。皮帕（Pippa）飞回栖息地——梳妆台上方一个装过玉米片的旧盒子。在过道，我能听到几只乌鸦在花园里喧闹，但我不必担心，现在没有幼鸟。

亲爱的霍华德小姐：

我的名字叫乔纳森·布朗（Jonathan Brown），我是《卫报》的记者。我非常希望能对您做一次采访，议题是您的书以及您与鸟儿们的生活。您可以联系我……

我把纸条对折，再对折，塞进了毛衣口袋。我把扫帚放进花园的凉亭靠墙而立。或许他已经读过我的书了，也可能有人委托他来做采访。自从约瑟夫去世后，罗杰也杳无音讯，我不知道那家出版社是否还在经营，他们好几年都没给我送《户外与乡村旅行者》了；或许已经破产了；或许已经转让，由他人接管了。

豆子快吃完了，明天我必须进村，星期六是集市日，我可以叫上西奥和我一起去，他或许知道罗杰的近况。乔纳森·布朗，这个名字我从未听说过。星星二世（Star II）从我身边飞过落在客厅。要知道大山雀从来不停留，绝大多数情况下他们飞走再飞回来。我把垫子放在屋后绿色长凳上坐了下来。鸟儿们不再撕扯垫子上的线头了，也没有诸如鼓手和小丑那样的麻烦制造者了。我敲了三下长凳的扶手，还没看清，橡树叶就落在我身旁了，我给了他一粒花生。普雷斯托二世（Presto Ⅱ）也飞过来，落在他旁边。橡树叶张开嘴露出喉咙，普雷斯托二世向后退了几步。山下草场的上空，八哥们在空中乱舞，毫无规则。

* * * * * *

一只夜莺啼鸣。我在黑暗中醒来，刚才做了一个梦，但记不清内容了。小黑落在我的头上。我坐起来，头疼欲裂。小黑飞了起来，和往常一样，我对他说："早安！"伯尼（Bernie）向我疾飞过来，然后绕着我飞来飞去。"来吧。"他还没有飞过来吻我。

我端着盘子走到鸟食台时，盗贼从我身边掠过。我被门槛绊了一下，因为走得慢才没摔倒。

"盗贼，"我抱怨说，"小心点！"

鸟儿们的翅膀很容易受伤，甚至会因此丢掉性命，尤其是未成年的时候。小路上的鹅卵石很滑，我应该把苔藓铲掉。我有个刮刀，只是记不清放在什么地方了，或许是在橱柜的高处，或许是在厨房的抽屉里。小黑从我身旁掠过，我走得更慢了，一步一步穿过露台。我把培根片放在桌边，其他的鸟也飞来了。浅棕（Light Brown）首先飞过来，或许是条纹（Stripy）。桌上的食物有黄油和面包皮。我喊着浅棕的名字，用坚果诱惑他。他叼起一片培根飞到苹果树上去吃。条纹不在这里，或许浅棕也不在这里。也许我应该戴上眼镜确认一下。

"浅棕。"我喊他的名字。

小黑来了，他把浅棕赶走，然后盗贼又飞回来了。

"来吧，男孩们、女孩们，别打架。"

我走到长凳前坐下，浅棕落在我的大腿上。是的，这是浅棕。我怎么把他当成条纹了，条纹在哪里呢？秋季他们总是待在房子附近，对被雾霭笼罩的花园非常熟悉。很听话的鸟儿。有时秃头冒险去流浪。哦，秃头，他总是那么勇敢，始终是老大。去年春天，他再也没离开我，勇敢的小生命。布朗温（Bronwen）

在九月份消失了，莎拉（Sarah）也不见了。我又叫了一声他的名字，“条纹”。条纹有时候会应声而来，有时候则很显然在忙于更重要的事。我吸了一口气，打算再叫他的名字，这样做可以让声音更清晰——但过了一会儿我就喘不过气来了。我应该做一些发声练习。叮当——那只可爱的小山雀——越来越频繁地拜访我，她刚开始非常羞怯，我从围裙兜里拿出一颗坚果给她吃，她落在我的手上吃完后便快速飞走了。其他鸟儿飞来了，最终条纹也飞来了。小黑已经吃完了。我看不到盗贼了，或许他在远处？

* * * * * *

咚咚咚，有人在敲门。我现在腿脚不便，起身都很困难。嗒嗒嗒，多迪在啄灯罩。

“停下来。”我朝她的方向挥了挥胳膊，但不起作用，灯罩上全是洞。

有人走过陈旧的木地板，经过铺了瓷砖的走廊进了屋子。米兰达（Mirancla）穿着毛绒绒的衣服。

“早上好，霍华德小姐。今天感觉如何？”

“嗯。”

“比上周好些了，对吧？这场该死的流感，人人都没躲过。”

她把外套挂在衣钩上，举止间透露出好朋友之间才会有的随意，“幸运的是我的感冒已经好了。”她穿着一袭紧身裙，很短。因为太紧，几乎无法自由活动。女人们总是不得已穿上最新潮的衣服，但往往是一种束缚。

“请保持安静。”多迪已经飞走了，只有柏图斯（Petrus）还在鸟巢中。他们还会飞回来。鸟儿们已经很熟悉米兰达了，她的声音响亮清脆。

我又坐在了桌子旁。昨晚做了一个梦，梦见我能飞了。我飞过威林顿（Wallington）周围金色的田野，看到金斯利和杜德玩弹子游戏的广场，看到面包店外面的长凳。它们都未被时间触碰过，依然还是当初的样子。我现在失去了嗅觉，有时候只能在梦中能闻到各种味道，奶酪的味道，绿草的味道。

“我先赶快扫一下地，然后擦窗户，如果有时间再打扫卫生间，不然得等到星期五。”米兰达的声音没往常那么刺耳，或许她戒烟了。

“好的。”我已经学会不去和她讨论她的计划，这只会使事情变得更复杂，鼓励她滔滔不绝地说得更多，让她逗留更长时间才离开，“留意一下蜘蛛网。”

几个星期前，一对蜘蛛在书架后的角落结了网。很有益的生物，观察他们很有意思。

米兰达开始扫地，她问我："你真的不打算让我给你买一个吸尘器吗？现在很便宜，吸这些羽毛很方便。"

没有吸尘器照样能打扫得很干净。“想喝杯茶吗？”

活动一下很重要，如果坐的时间太久，我就起不来了。我把茶壶放在厨房的炉子上。深棕（Dark Brown）和浅棕在树篱中嬉戏，这对小兄弟是在夏天出生的，他们只在花园附近活动，栖息在我床上方的小盒子里。有时候我一觉醒来，他们就落在床上玩耍，双腿站直然后从枕头上滑下去，就像滑雪那样。或许他们还在那里，因为他们的孵卵期比较晚。他们是贝拉（Bella）的第二窝子女，夏末才孵化的。第一窝幼鸟被新来的邻居家的那只斑猫全部吃掉了。深棕是一只疯狂而富有创意的小鸟，是我见过的唯一一只在晒太阳时会倒过来的鸟：他把自己倒悬在细枝上，翅膀展开——相当聪明——太阳就能照到他的背部。但这也很冒险。

水烧开了。

“想喝杯茶吗？”我坐下来再次问米兰达。

她坐在我对面。“他们开始在基默尔建养老院了，专门为那些需要人照料的老人提供食宿。你可以在那儿住单间，离这里很近，需要时就能得到照料。我知道你想住这里，但那儿的条件更好，光线好，房间大，还有一个美丽的大花园。我敢打赌，这些大山雀肯定也会喜欢。”

死神（Death）落在房间角落的凳子上，凳子摆放在正对我的角落里。“我就待在这里。”“这里”成了我俩观点的分界线。那只名叫鲳鱼（Pomfret）的黑鹂从窗户飞进来，看着客人，在空中绕了一圈，很快飞走了，速度比飞来时更快。

“大夫认为你最好和其他人多接触。”米兰达有神经性痉挛，她用手指头搓了搓嘴唇，似乎好了一点。她又搓了几下。或许她也有麻烦，现在每个人都遇到麻烦。

“这里也有很多我认识的人。”

柏图斯也飞走了。

米兰达叹了口气说：“但是你想过电视的问题没有？”

我不知道她说的电视是什么意思，我问她："最近有个年轻人总站在门口，名叫乔纳森·布朗，你认识他吗？"

她摇了摇头。"他来这儿干什么？"

"他想采访我，主题是我和鸟儿们的生活。"

"那很好啊。我都有点崇拜你了，你应该被别人崇拜。"

我不知道她是否了解我写的几本书的内容。

"不，不可能。那会打乱一切，他们会吓跑大山雀，陌生人让鸟儿们感到紧张。"我已经受够了。

米兰达呷了一口茶，然后突然放下茶杯说："你应该接受这次采访，这是一次让人们更深入了解鸟类的绝佳机会。你上星期说过什么来着，不要窥视巢箱里面，因为猫能据此找到鸟巢。没人知道这些事。哪怕这能拯救一只鸟也好！"

我点了点头，感觉头越来越沉。我现在浑身是病，大脑反应迟钝，高血压，关节疼痛，满嘴蛀牙，骨质疏松。应该有人来接替我。我希望是一个年轻人，行事沉着稳重，对大山雀充满感情，热爱他们。但目前这样的人还未出现，我太忙了，没时间去物色合适的人选。岁月太短暂，剩下的时间越来越少，我应该把这些东西用文字记录下来，写作让时间变成可感可触的东西。

米兰达站起来去大厅的储物柜里取拖把，然后走进厨房接了一桶水。她的凉鞋木跟发出的声音能让我知道她所在的位置。她的小腿很好看。

"米兰达。"我的声音听起来有点刺耳。

她在墙角突然探出头，手托着腮，从我的角度看就好像她在照片中。她似乎对我视而不见，尽可能摆出好看的造型。

“你是不是忘记擦窗户了？他们明年夏天还会来这里。”到处都是水，太浪费了。

“没擦。我不会让你这样度过周末。不管怎么说，当你再次看穿他们的意图时，那也不是什么好事。”米兰达大笑起来，头又缩了回去。

我紧握拳头，片刻之后又松开，没必要为此生气。我面前的桌子上有我给深棕和浅棕画的肖像。我拿起橡皮擦，深棕的翅膀画得太长了，不知道还能不能画好。门铃又响了，我还没来得及抗议，米兰达就开了门。来人是苏塞克斯自然主义者信托公司的威廉姆·吉尔（William Gill），他的声音很低沉。

“霍华德小姐。”

“请保持安静。你已经把鸟儿们吓跑了。”

“我们来谈谈您的不动产，以便一切都能安排妥当。您现在拥有的这片地可以免费租赁，我已经去过位于刘易斯路的律师办公室了，他提议这样做。”他朝米兰达眨了眨眼，把一个文件夹放在桌子上。我摸索着找眼镜。

“您想喝杯茶吗？”米兰达朝他笑了笑。

“不，谢谢，我专为霍华德小姐的签名而来。”

或许我的眼镜落在厨房了。我能听见鸟儿们在客厅叽叽喳喳地叫。我死后有人想接管鸟舍，给鸟儿们创建一个避难所，那真是太好了，只是我不明白他为何让我签一份新合同。土地价格飞涨，或许这才是原因。我的眼镜不在厨房的台面上，也许在窗台上。

* * * * * *

“霍华德小姐，我是约瑟芬·多尔希（Josephine Wolch），斯图亚特（Stuart）医生的助手，我们已经拿到您的化验单了。”

我把桌上的食物用手推成一小堆。

“您在听吗？”她说话的语气很急切。

“嗯。”我把桌上的面包屑扫进放在腿上的盘子里。

“您的凝血因子血浆含量太高了。但我们有特效药，您需要预约后续治疗的相关事宜。”我听不出她的声音。

“你刚才说你叫什么名字来着？”

“约瑟芬·多尔希，斯图亚特医生的新助手。桑德拉（Sandra）马上要离开了。”

我想也是如此。桑德拉的声音很低沉，跟女低音歌唱家差不多。但她长得很漂亮，说话时慢慢悠悠的，声音很动听。现在这位助手则不然，说话像打机关枪。

“我先给您预约心脏检查。”

星期二天气不错，估计没有人来，我也不抱期望，所以就心安理得地不去管那些鸟。

“您的腕关节怎么样？”

“很好，谢谢您。”他们紧紧抓住我，就好像我是一个孩子，首先抓住我的是护士，然后是医生。他们把我的胳膊抬了起来，问我疼不疼——当然疼，这就是我来医院的原因。我知道腕关节需要调养，只是我不知道还必须用石膏固定。我在橱柜里翻找东西时梯子翻倒，手扭伤了，暂时没法拉小提琴了，但没关系，几周后就没问题了。

她挂断电话后，我把听筒放回原处，然后拿出一张纸记下了预约的时间：星期二,九点半，斯图亚特医生。我把受伤的手腕搭在另一只手上，感觉有点疼，但我不能老想这事。盘子就放在桌边，我起身把盘子里的面包屑从窗户撒向屋前的小露台，立刻飞来几只麻雀和一只知更鸟。我可以乘坐公交车，这最好不过。但我必须在恰当的时候出发，因为他们通常比约定的时间早到。我应该再确认一下预约的时间。或许我可以取消预约。是的，最好取消，没必要做检查，我自己感觉身体很好，没什么毛病。虽然有时候我感觉有点气短，但对我这个年龄段的人来说很正常。我必须得活动活动手腕，要不然就僵硬了。也不用立刻打电话取消预约，毕竟我还有一周时间。深棕和浅棕从我身边掠过。我应该清理一下鸟食台。上周当地报纸援引苏塞克斯鸟类研究会专家的话，说很多疾病都是在投食的地方开始传播的。我的鸟儿这几年没得过什么病。我刚定居此地时，当地暴发过两场疾病，连着两个夏天都是如此，七只鸟儿死去。但我认为那些疾病跟卫生状况无关，鸟儿们似乎死于某种病毒。并不是所有的鸟儿都难逃厄运，他们中的大部分幸存了下来，只不过在一段时间内比较虚弱而已。他们也有腹泻的症状。数年后，有一整窝雏鸟全部死了，他们是小丑的后代，可能感染了瘟疫，或者死于寄生虫感染。

我去厨房接了一桶水，加了点白醋。我不知道米兰达把清洁用的海绵块放在了哪里。

* ** * * *

冬天的黄昏是令人沮丧的时刻，太阳的余晖照在树叶上形成光斑。我凝视着红日，一直到它落山——它的边缘似乎一直在动。一滴水从玻璃上落下，留下一道水痕，笔直向下流去。大山雀已经回巢。我没有开灯，坐在椅子上没动。上个星期我重新装饰了椅面，偶尔也让自己享受一下“奢侈”的生活。我在椅子上面铺了一块小毯保护椅面，但觉得没必要重新装填。草丛中有动静，似乎什么东西在走动，或许是只老鼠，或许是只刺猬。老鼠又出现了，我昨天看到了几只。

西奥说我需要一名助手帮我整理笔记，然后把未出版的故事送给新的杂志社。杂志叫什么名字来着？我给他看了看我保存的资料，有故事、照片和剪报。他打算去工艺品博物馆问问他们是否对这些东西感兴趣。上个星期，西奥摔了一跤，他必须去急诊室接受治疗，还是埃丝特带他去的。

花园笼罩在夜幕下，只有窗框还能看见。靠近窗户的时候，我看到自己的脸，我在黑色的天幕上寻找月亮。我坐回椅子闭上眼睛。明天千万不能忘记买奶酪的事，鸟儿们补充到额外的脂肪才能应付寒冬。

终 章

一缕阳光透过窗帘的缝隙照进屋子。新的一年在七天前就开始了，但天空一直阴沉沉的，现在终于有了太阳。新年伊始，但看不出到底有什么新变化。太阳给新年增添了色彩，也带来了希望。我走到厨房，给准备放在鸟食台上的盘子盛满食物。鸟儿们在好几个小时前就醒了，他们弄出沙沙的响声，或展翅飞翔，或叽叽喳喳地叫着。蒂米（Timmy），一只小黑鹂，落在另一边的窗台上，抬起头满怀期待地看着我。他朝我叫了两声，这种声调常用于呼唤伴侣。我打开窗户，把切成片的苹果放在窗台上让他吃。秃头落在靠近鸟食台长凳的扶手上，旁边是一只体型较小的雏鸟。我把培根片、奶酪和黑面包片的碎屑放在桌子上，然后转身去取黄油、花生和水果。秃头跟着我飞进屋里看了看，雌鸟紧随其后，还小心翼翼地给我让开路。她的额头上有一片白毛——这让我想起星星。我突然记起她之前在路边的巢穴。她的伴侣没和她在一起，或许已经死了。很显然，她对秃头颇有好感，而秃头对她的态度尚模棱两可，既不鼓励也不阻止。秃头的伴侣原本是单眼圈，但我已经好多天没见到她了。秃头不慌不忙地进食，然后飞到我肩头。我们都看着小雏鸟，她似乎饿坏了，每样食物都吃了一点，每啄一口食物就看我们一眼，但她没有碰奶酪。她很漂亮，羽毛富有光泽，颜色要比同类的更深，一对小眼睛看起来炯炯有神。起初，她只看秃头，后来开始看我。

“你好啊，”我用眼神跟她打了个招呼，“很高兴见到你。”她和我对望了一会儿，然后飞走了。秃头紧随其后，他们飞向天空，越飞越高，越飞越快。

致谢

在撰写哲学硕士论文的时候，我偶尔读了莱恩·霍华德的作品。我母亲的一个朋友（很报歉，我和母亲都想不起来这位朋友的名字，如果你读到这些，请接受我们的致谢）建议我读读《作为个体的鸟类》，不久之后又拜读了《与鸟为伴》，这两本书都曾是当时的畅销书，现在只能买到二手书。当下鲜有人提及霍华德的作品，这实在太令人遗憾了。她的研究超前于时代，今天读起来依然妙趣横生，意义重大。人们对她的生平知之甚少。在这部小说中，我将霍华德创作的小说和她传记中的故事与虚构相结合，某些片段（如有关星星和一些其他鸟儿的故事）基于霍华德的《作为个体的鸟类》和《与鸟为伴》中讲述的逸闻趣事。池塘的那一幕（保罗和玛格丽特在池塘边缠绵的那个故事）基于我在迪切宁阅读霍华德日记时的发现，她档案中的有些故事还未出版。档案装在一个淡蓝色的文件夹里，有二十多份不同的文件和一张奥丽芙的照片。其他的很多轶事基于迪切宁当地人的回忆。

创作这部小说时，我要感谢下列给予我帮助的人：约翰·桑德斯（John Saunders），鸟舍目前的主人，他允许我仔细翻阅霍华德的档案并给我扫描了那些还未出版的故事。他告诉我霍华德把鸟舍留给苏塞克斯自然主义者信托公司，他们答应将霍华德的故居改建为鸟类收容所，但收容所从未破土动工。而信托公司却将房子和土地以高价卖给别人，买主立刻砍掉了花园后面的很多树，只有那棵老橡树还在。他还告诉我，霍华德就葬在她屋后的那片无名墓地中。我住在迪切宁木屋中的那段时间，热情好客的拉芙尔·利维（Ralph Levy）提供了很多帮助。迈克尔·奥尔福德（Michael Alford）与霍华德相识，曾经常见她步行穿过田野，鸟儿们就落在她的头上和胳膊上。埃利纳·凡·登·恩德（Eline vanden Ende）帮我回顾了有关小提琴的音乐知识，并将当时乐团演奏的情况用文字进行了描述。伊文·楚格（Irwan Droog）仔细阅读了所有的初稿和定稿。在本书的创作过程中，吕塞特（Lucette）走进了我的生活，这本书也给她带来了希望。普蒂（Putih）和奥利（Olli）一如既往地给我提供帮助，写作过程中他们始终和我在一起，并让我学会和他人分享某个人物故事的乐趣。

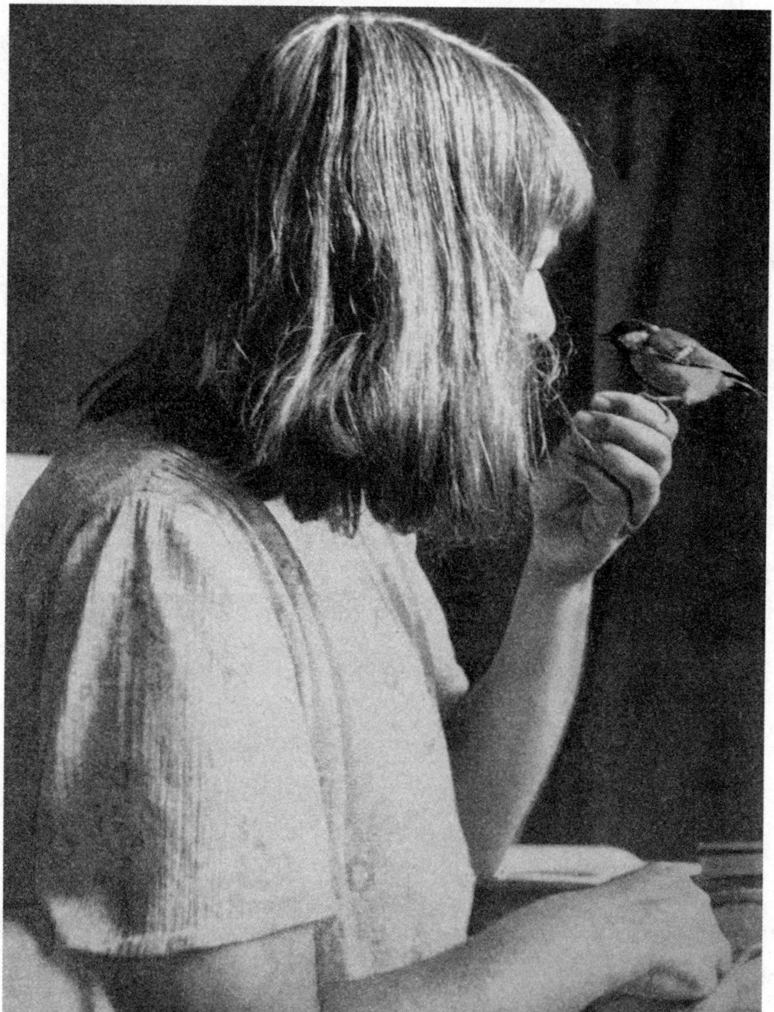

LEN HOWARD
© J.M. Simpson